天に堕ちる

唯川　恵

天に堕ちる……目次

この作品は二〇〇九年十月、小学館より刊行されました。

天に堕ちる

1 りつ子

……ゆるやかな断崖

やっぱり毛皮のコートを着てきてよかった。

と、町村《まちむら》りつ子は誇らしげな気分になった。

こんなにも毛足が長いというのに驚くほど軽く、暖かさといったら身もとろけるようだ。見栄えも相当なもので、ティールームに入ったとたん、いっせいに女たちの視線が集中するのが感じられた。今も、斜め向かいに座っている四人連れの女がちらちらとこちらを眺めながら顔を寄せ合っている。

「あれってミンク?」

「じゃないの、よくわかんないけど」

「高そう」

「これみよがしよね」

ミンクとセーブルの区別はつかなくても、一級品であることだけはわかるのだろう。

コートを脱いで隣の席に置く。毛皮が席から溢《あふ》れそうになり、りつ子はいっそう満足する。コート下にはモノトーンプリントの薄手のワンピースを着ている。胸が深くカットされた流行のデザインだ。彼女たちの羨望と嫉妬がないまぜになった視線は、ますます釘付《くぎづ》けになる。

紅茶を注文して、りつ子は窓の外を眺める。

銀座の街は大好きだ。行き交う人々はいくつも紙袋をぶら下げ、足取りもどこかゆったりしている。ビルから多くの人が吐き出され、その倍の人間が吸い込まれてゆく。東京は欲望の塊だが、その中でも銀座は物欲に満ちている。この街の内臓は、女たちの欲しいものをすべて孕《はら》んでいる。

その時、ガラス窓の前に人影が現れ、指先で小さくノックした。りつ子が笑みを浮かべると、男は小走りに店の中に入って来た。

「ごめん、待った？」

目の前にユタカが座る。

「いいえ、今来たところ」

さっきの女たちの視線が更に熱を帯びる。突然現れた、どう見てもりつ子より一回り以上も若い、そして美しい男。肩近くまで伸びた髪や細身のスーツを着崩した姿は、今時の男そのものだ。この男はいったいりつ子の何なのか、彼女たちの好奇心はどれほど刺激されているだろう。

「横断歩道を渡った時から、窓ガラスの向こうに見えるあなたがわかったよ」

りつ子はほほ笑む。

「そう？」

「今日もすごく素敵だ」

寒い中を走って来たのか、ユタカの頬がうっすらと上気している。二十三歳のシミもシワもないつるんとした肌は、顔だけでなく、服に隠された身体《からだ》すべてがそうだ。

ユタカがまだ半分以上残っているカップに目をやった。

「お茶、飲んでく？」

「ううん、いいの」

「じゃ、行こう」

りつ子はレジに向かう。ユタカは先に店を出て、表通りで待っている。ポケットに手を入れ、ほんの少し苛々《いらいら》している様子が見て取れる。行き過ぎた若い女がちらりとユタカに目を向けた。短いスカートから形のいい足が伸びている。ここからは見えないが、ユタカもさりげなく視線を返しているだろう。それくらい構わない。ユタカぐらいの男なら見られて当然だし、それに応じた反応を見せるのも仕方ない。しかし、これからユタカとベッドに入り、汗と体液とでシーツをもみくちゃにするのは自分なのだ。

支払いを終えて外に出ると、ユタカがすぐに肩に手を回してきた。スポーツジムで鍛えているが、労働のための筋肉など一グラムもついてないしなやかな腕。

「いつものところでいいよね？」

返事をする前に、ちらりと店の中に顔を向けると、女たちが慌てて視線を逸《そ》らすのが見えた。今から彼女たちが顔を寄せ合ってどんな話題を繰り広げるか、もちろん想像がつく。何とでも言えばいい。顰蹙《ひんしゅく》でも驚きでも呆《あき》れ果てるでも、りつ子は誇らしげな気分になる。いっそ笑いたくなる。

「ええ、もちろん」

ユタカがりつ子の腰に腕を回した。

翌朝七時。

今日は遅番で昼までに出勤すればいいのだが、りつ子は開店四十分前に仕事場に到着した。とりあえず副店長という肩書きがついていて、合鍵も持っている。店の戸締りは厳重で、従業員の出入りする裏口には二箇所鍵が付いている。アルミのドアも固く重い。もちろん防犯装置も設置されている。ドアを開け、暗証番号を押して防犯スイッチを切ると、いつもの洗剤のにおいが鼻についた。

広尾《ひろお》にあるクリーニング店がりつ子の職場である。ここは都内に三十店舗ばかりあるチェーン店のひとつで、迅速丁寧をモットーとしている。

りつ子が店に入って最初にしたのは、ぶら下げてきた大きな紙袋の中からセーブルのコートを取り出すことだった。昨夜のうちに隅から隅まで点検し、埃《ほこり》や汚れのないことは確認している。軽く毛先を撫《な》で付けて、奥の別室にある保管庫まで持って行き、カバーを掛けて吊《つ》っておく。ワンピースは、これも昨夜アイロンを掛けたのだが、完全にはシワを元に戻すことができず、『至急再洗い』のシールを付けて籠の中に押し込んだ。

近くに高級マンションが何棟も建っているせいで、このクリーニング店には驚くほど高価なものが持ち込まれる。毛皮、有名ブランドの服。他にも着物やハンドバッグや帽子などのクリーニングも請け負っている。戸締りが厳重なのはそのせいだ。保管サービスもあるので、毛皮のように手のかかるものや、季節はずれの衣類などは、クローゼット代わりに預けている客も多い。

制服である黒エプロンを着けてから、店のシャッターを上げた。通りには、そろそろ通勤客が駅に向かい始めている。店先の掃除をしていると店長がやって来た。

「あれえ、町村さん、どうしたの。遅番じゃなかった？」

「おはようございます。何だかローテーション勘違いしたみたいで。でも、戻るのも面倒だし」

「損な性格だねえ」

店長が笑いながら店の奥に消えてゆく。掃除を終えて箒《ほうき》とちりとりを片付けていると、中から声がした。

「ねえねえ町村さん、このワンピース、仕上がったばかりじゃなかった？」

「ああ、それなんですけど」

平静な顔で、りつ子はカウンターに近づいた。

「昨日の帰り際にたまたま見つけたんです。アイロンの掛け方、甘いですよね。クレーム付く前に再洗いにした方がいいと思って入れておきました」

「ふうん、お客様に連絡は入れた？」

「あの方、いつも取りに来るのは遅いので、大丈夫だと思います。超特急仕上げにしたので、明日の午前中には届きますし」

「しょうがないねえ」

店長は頷《うなず》きながらエプロンを頭からかぶり、有線のスイッチを入れた。軽快なポップスが流れ始める。これが開店の合図のようなものだ。

やがてパートの主婦がやって来て、すぐに朝の慌《あわただ》しさが始まった。まずサラリーマンやＯＬが出勤前に立ち寄って、洗濯物を預けてゆく。その後は、昼過ぎまでぽつぽつと客があり、午後になると夕食の買い物に出て来た主婦たちでまた慌しくなる。主婦と言っても、手洗い可のキャミソールさえもクリーニングに出してしまうような富裕層の主婦である。

りつ子は渡されたものをひとつひとつ確認し、レジに打ち込み、受取書を手渡す。持ち込まれた洗濯物は、たとえ見た目にはよくわからなくても、持ち主の汗や垢《あか》、食べ物の汁といった汚れが染み込んでいる。それを気持ち悪いと感じたのは働き始めて一週間ぐらいのことで、五年たった今はすっかり慣れている。というより、むしろこの仕事が好きになっている。汚れものが、洗われシミを抜かれ干されアイロンを掛けられ、綺麗《きれい》になってりつ子の手から客の元へと返される。そのシンプルなやりとりは、何だかとても良いことをしているような気分にさせてくれる。

店は夜九時まで開いているので、遅番早番のローテーションがある。店長か副店長のりつ子のどちらかが必ず出ることになっている。他にパートの主婦が五人いて、もちろん彼女らにも早番と遅番があり、本来なら公平に時間を振り分けるべきなのだが、家庭がある彼女たちは、子供が熱を出したとか、ＰＴＡの役員会に出席しなくちゃいけないとか、さまざまな理由を持ち出して、朝と夜の時間から何とか逃げようとする。店長も所帯持ちなので、どうしても独身のりつ子に任されることが多くなる。

別に、不満を言うつもりはない。どうせアパートに帰ってもすることは何もない。ひとりでテレビを見ながら食事をし、お風呂に入り、寝るだけだ。凝《こ》っている趣味も、一緒に出掛ける友人がいるわけでもない。別にそれで構わない。負け惜しみではなく、心惹《こころひ》かれることもない。今のりつ子は、とにかく余計なお金を遣いたくないという思いが最優先になっている。

七万円。

それが、家賃や光熱費とは別に、どうしても確保しておかなければならない金額である。多いとは言えない収入の中で、それだけの額をよけておくにはかなりの努力がいる。しかし、苦に思ったことは一度もない。それでひと月に一度、ユタカと抱き合えるのだから。

ユタカとはもう半年になる。

だから、六回会ったことになる。初めてユタカを見た時、想像していたよりずっと若く、見た目もよかったので驚いた。

ホテルの部屋に招き入れたものの、いったいこの男の子と何を話せばいいのか、りつ子は途方に暮れてしまった。腋《わき》の下に汗を感じて、勝手に持ち出したシルクのチュニックにシミがついたら困ると考えていた。天井からエアコンディショナーの音がしゅうしゅうと音をたてていた。ホテルの部屋が乾燥しているせいか、少し息苦しい。男が付けているオーデコロンが鼻先に漂う。りつ子があまりに無言を続けたせいで、ずっと立ったままだったユタカが、不安げな表情を向けた。

「僕、不合格ですか？」

りつ子は何度か瞬《まばた》きした。

「チェンジもできます。二回までですけど」

「ああ……」

「そうしますか？」

「ううん、いいの」

「じゃあ合格ですね」

ユタカは奥二重の目を細めて、嬉《うれ》しそうに笑った。

「えっと、それじゃすみません、決まりがあって、先にギャラをいただくことになっているんです」

りつ子は慌ててバッグから財布を引っ張り出した。中身を見られたくなくて背を向け、五枚の一万円札を引き出した。値段は電話を入れた時に聞いていた。

「じゃあ、これ」

「ありがとうございます」

恭《うやうや》しくユタカは金を受け取った。

ユタカのセックスが五万に相当するものか、りつ子にはよくわからない。セックスするのはあまりにも久しぶりだったし、初対面という緊張もあった。どちらかと言うと、声を上げるより押し殺す方に心を砕いた。ユタカのつるんとした肌は、滑らか過ぎてどこを摑《つか》めばいいのかわからず、指先が背中で何度もさまよった。最初から最後までぎこちなさは抜けなかったが、それでもりつ子は濡《ぬ》れ、最終的にユタカを深く受け入れた。

そして驚いた。肌を合わすというのはこれほど親密感をもたらすものだったのか。ドアが開いて、顔を合わせてからまだ二時間もたっていないというのに、その時にはもうユタカがこの世で自分にいちばん近い人間に思えるようになっていた。

終えた後、バスルームから現れたユタカは、恥ずかしがることなく腰に巻いたバスタオルを取り去り、ブリーフを穿《は》いた。小さくなったペニスは、まるで子供のそれのようだった。それからクローゼットを開けて、ワイシャツとズボンを取り出して身に着けた。

「すごくよかった」

まだベッドの中にいるりつ子に近づき、ユタカが枕元に腰を下ろして覗《のぞ》き込みながら言う。

「僕、本気でいっちゃった。こんなこと、初めてだ」

薄荷《はっか》の匂いがして、歯を磨いたんだとわかる。

「次も指名してもらえる?」

二時間前に知らなかった男が、もう懐かしい男になっている。

「また、あなたに会いたいな」

りつ子はユタカの顔を眺める。

――そんなの出張ホストの常套句《じょうとうく》じゃない。誰にだって言うのよ。それでお金を貰《もら》ってるんだから。そんなの信じてどうするの。馬鹿じゃないの。

そう、その通りだ。いっそ笑ってしまえばよかった。そうすればユタカはバツの悪そうな顔をして、プロの表情に戻り「ノルマもあるのでよろしく」などと肩をすくめて言っただろう。しかし、りつ子は笑えなかった。

また、あなたに会いたいな。

ユタカの言葉が沁《し》みた。自分でも忘れていた、もしかしたらもう一生思い出すこともなかった、心の奥底にある渇ききった場所に、とろとろと水が流れ込むように、その言葉が染み込んでいった。

ひと月後、再びユタカを指名した。

会えて嬉しい、と、ユタカは部屋に入って来るなりりつ子を抱きしめた。着ていたニットを褒め、こんなに綺麗な人だったっけ、と耳元で囁《ささや》いた。

さすがに二度目ともなると、りつ子も少し余裕が持てた。部屋の冷蔵庫からビールを出して、ふたりで飲んだ。どうしてこんな仕事をしているの？　ユタカっていうのは本名なの？　出身はどこなの？　聞いてみたい気がしたが、どれもこれも野暮な質問だとわかっていたので黙っていた。

セックスを終えて、前と同じくユタカは先にシャワーを浴び、服を着て、ベッドの端に腰掛けた。

「よかった？」

ええ、と、りつ子はためらいがちに頷く。

そして不意に、ユタカはこんなことを提案した。

「あなたのような人には抵抗があるかもしれないけど」

あなたのような人……ユタカは自分をどんな女と想像しているのだろう。

「ほら、声を上げるの遠慮しているだろう。シティホテルって、壁もドアも薄いから結構声が外に漏れるんだよね。その点、ラブホテルなら安心だよ。もともと男と女のそれのためにできているんだから、遮音《しゃおん》はばっちり。そっちを使いたがるお客も結構多いんだ。それに、いろいろ刺激的な装置も付いてるしさ。いい所、知ってるんだ。値段はこのホテルと同じくらい。まあ普通のラブホテルよりかはちょっと高いけど、お風呂がジャグジーになってて、すごくいいんだ。一緒に入ろうよ、僕、あなたと入りたいな」

もしかしたら、ラブホテルからキックバックがあるのかもしれない、と思いつつ、りつ子は頷く。

やった、と、ユタカが無邪気に喜んだ。

次に会う時、場所がわからないかもしれないから、と、銀座のティールームで待ち合わせた。明るい店内には、それと気づかないほどの音量でクラシックが流れていた。そこでカップを手にお喋《しゃべ》りに興じているのは、毎日りつ子に洗濯物を預ける側の女たちである。こうしていると、突然、彼女たちの中のひとりが近づいて来て、りつ子が身につけている淡いブルーのブラウスと上質のパシュミナを指差し「それ、私のじゃないの」と、言われそうな気がしてどきどきした。もし、そんなことになったらここから走って逃げられるだろうか。

そんなことばかり考えていたので、ユタカを待っている間、居心地が悪くてたまらなかった。やがてユタカが現れた。そしてその時の、女たちに広がってゆく密《ひそ》やかなざわめき。視線が集まる。注目される。りつ子にとって初めての経験だった。

「待った？」

「いいえ」

「今日も綺麗だね」

ユタカのそんなお世辞に、りつ子はぎこちなく笑みを返す。

「出ましょう」

「どうして？」

「だって……」

ユタカは店内を見回し、納得したように頷いた。

「別に見られてもいいじゃん、恋人同士なんだから」

この時も笑ってしまえばよかったのだ。おばさんをからかわないの、それもマニュアルに書いてあるの？　なのに、りつ子はどぎまぎして、自分の手元に視線を落とした。


ずっと当たり前に生きてきた。

子供の頃から、親をひどく手こずらせるようなことはなかったし、思春期特有の屈折はあったにせよ、道を踏み外すところまでの深刻さはなかった。高校も大学もそこそこのレベルに合格し、就職も、いくつかの企業には振られたが、中堅の商事会社に決まった。概《おおむ》ね順調だったはずである。ただ、恋愛だけはうまくいかなかった。何人かの男と付き合ったが、半年もすると会う回数が減り、電話が間遠になり、気がつくと縁が切れていた。なぜそうなってしまうのか、りつ子にもわからない。相手を一生懸命愛したし、気持ちよくふたりの時間が過ごせるよう気配りは怠らなかったつもりである。わがままを言わず、ねだらず、相手を褒めることも忘れなかった。「今の映画、つまらなかった」と言われれば「ほんと、ストーリーが陳腐よね」と相槌《あいづち》を打ったし、ウェーブがかかった髪とスカートが好きと聞けば、髪にはいつもホットカーラーを使い、好みのファッションに身を包んだ。それなのに、男たちはいつの間にか距離を置き始める。「忙しいんだ」「こっちから連絡する」を繰り返して、いつか知らない人よりもっと遠い存在になってゆく。

二十六歳の時、上司から取引先の男を紹介された。全体的にもっさりした印象があったが、その分、彼の穏やかな人柄に心惹かれた。自分にはこんな人がぴったりなのかもしれない、素直にそう思えた。仕事帰りに一緒にお茶を飲んだり食事をしたりした。週末にはドライブに行き、三ヶ月ほどして彼の部屋でセックスもした。結局、そのまますんなり結婚することになった。両親も上司も友人も、みな喜んでくれた。もちろん、りつ子もどんなに嬉しかったろう。もう、鳴らない携帯を握り締めて「あの人は私のことをどう思っているのだろう」なんて考えなくてもいい。

りつ子は会社を辞め、専業主婦に納まった。住み始めた社宅は小さかったが、二人暮らしにはちょうどいい広さでもあった。ままごとのように料理を作り、掃除をし、洗濯をした。

結婚が駄目になったのは、子供ができなかったせいもあるかもしれない。もし、子供を授かっていたら、自分たちは「親」という新しいポジションで、右往左往しながらも、精一杯責任を果たそうとしたはずだ。

結婚して四年目、夫は不意に別れを切り出した。

好きな人ができた。どうしても彼女と別れられない。彼女と人生を生きて行きたい。君には申し訳ないと思っている。本当に済まない。

りつ子は心底びっくりした。情けない話だが、夫にそんな女がいるなんて考えてもいなかった。でも自分は妻なのだ。愛人に負けるはずがないと思っていた。一年近くもごたごたは続いただろうか。揉《も》めに揉めた末、結局、離婚することになった。もう、そうするしかないくらい、夫の気持ちは冷めていた。女と付き合っていたのも二年も前からで、相談に行った仲人は、何ひとつ気づかなかったりつ子の方にむしろ呆れていた。

家族からの「おまえはまだ若いんだから、どれだけでもやり直しはきく。健康な身体さえあれば何だってできる」などという励ましは重苦しくなるだけだった。女友達からの「自殺でもするんじゃないかと心配したんだから」や「自棄《やけ》になったりしないでね」といった同情か詮索《せんさく》かわからない言葉にも辟易《へきえき》して、やがて誰とも付き合わなくなった。

それまで当たり前に生きて来た。そうしていれば、当たり前の幸せが手に入ると思っていた。でも、そうではないらしい。世の中は、そう簡単にはできていないらしい。

出張ホストを呼んだのは、男が欲しかったから、と言ってしまえばそれまでだ。実際、もう長い間、りつ子は男に触れていなかった。結婚していた時も、最後の二年は何もなかった。お金を払ってセックスを買う。そんな女はたくさんいる。だからこの商売が成り立っている。出会い系なんかよりずっと安全で、ずっとマシな男がいるはずだ。

でも、今になって思う。私が本当に欲しかったのは男だろうか。したかったのはセックスだろうか。


「いつまでも、こんな仕事を続けるつもりはないんだ」

ユタカが、りつ子の恥毛の奥に指先を這《は》わせながら呟《つぶや》く。

「友達とアクセサリーのショップを始めようと思ってる」

指先が巧妙に、りつ子のいちばん敏感な部分をはずしている。

「あなたに、こんなことを言うのはものすごく気がひけるんだけど」

りつ子は焦《じ》れながら、ユタカの指がそこに触れるのを待っている。

「でも、あなたにしか頼めないから」

りつ子は少しも動揺しなかった。いつかこんな日が来ることはわかっていた。むしろ、遅かったくらいだ。

「お金？」

言うと、ユタカがホッとしたように頷いた。

「うん。あなたなら相談に乗ってもらえるかなって」

「私、お金持ちに見える？」

「そんなの、みればわかるさ」

ユタカは身体を起こし、真上からりつ子を覗き込んだ。白目がとても澄んでいる。それは決して心を反映しているわけではないのに、りつ子は「綺麗だな」と思ってしまう。

「一緒にやろうって言ってる友達は、ずっと海外にいたからそっちのルートを持ってるんだ。センスもいいし、経験もある。僕もそういうのがもともと好きだったから、ぜひやってみたいんだ。成功させる自信がある。だから、少しでいい、投資して欲しいんだ」

自分は今、崖の上から宙に片足を差し出しているのだろう。戻るなら今だ。足を引っ込めて、ベッドから起き上がり、服を着て、アパートに帰って、いつものようにテレビを見ながら夕飯を食べればいい。そうすれば、当たり前の生活に戻ることができる。

でも、戻って何があるのだろう。あの部屋での時間が、私に何をくれるだろう。確かに健康な身体がある。働く場所も得て、ちゃんと食べてもいける。けれど、それ以外何もない空間。もしそれが幸福というなら、いっそ絶望した方がマシという気になってしまう。

「もちろんちゃんと返すよ、成功して倍にして返す。だから、お願い」

そうして、りつ子が触って欲しいと望んだその場所に、ユタカは触れた。あ、と声が洩《も》れた。

「いくらいるの……？」

「さし当たって三十万。原宿にいい物件が出てて、それを押さえるための内金なんだ」

「それくらいなら、何とかできると思う」

「やった！」

ユタカははしゃいだ声を上げた。

消費者金融を使うのは初めてだったが、こんなにも簡単にお金を借りられるとわかってびっくりした。

早番の仕事を終えて、前々から駅前にあるのだけは知っていたその場所に行くと、免許証だけで機械がカードを発行してくれた。カードはすぐに使え、その場で機械は三十万を差し出した。りつ子はそれを手にして、昨日、ユタカから初めて教えてもらったプライベートの携帯電話に連絡を入れた。

お金が用意できたと伝えると「今から会える？」と、ユタカの急《せ》いた声がした。

「ううん、今日はちょっと無理。あさってなら」

今更店に戻って服を持ち出す時間はない。

「そっか、うん、仕方ないね、あなたにも都合があるもんね。じゃあ、あさって」

待ち合わせの場所を約束して、電話を切った。

――自分が何をしてるのかわかってるの？　ホストに金を騙《だま》し取られるのよ。あっちはあんたがお金持ちだからそんな額くらい何でもないって思ってるの。ううん、そうじゃない。そのホスト、ほんとはあなたがお金持ちでも何でもないこと知ってるんじゃないの。なのに知らん顔して引き出せるだけ引き出そうって魂胆なのよ。悪いことは言わないから、馬鹿な真似《まね》はやめなさい。一回だけで済むわけないんだから。あいつら、ダニみたいに吸い取るだけ吸い取るんだから。道を誤る前に、元の生活に戻りなさいって。

私が他人だったら、私はきっとそう忠告するだろう。

それがわかっていながら、りつ子はハンガーラックからブランドのロゴが大きく入ったカシミヤのセーターを手にした。それから奥に行き、もう二ヶ月も取りに来ない、忘れられた死体のようにぶら下がっているコートを紙袋の中に押し込んだ。今日は早番で、本当は夕方で帰って構わないのだが、持ち出すのを見咎《みとが》められるのを懸念し、「ちょっと棚の整理が気になって」と、閉店まで残った。帰りは「店長、お先にどうぞ。あとは私が締めておきますから」と言うと「悪いねぇ、じゃそうさせてもらうよ」と、店長はそそくさと帰って行った。

翌日、待ち合わせの喫茶店に入ると、ユタカが奥の席から手を上げた。いつも出張ホストとして現れる時と違って、ジーンズに革のジャケットというラフな格好をしていた。

その姿さえ、りつ子には眩《まぶ》しく見えた。

現金の入った封筒を手にしたユタカは、今まで見たことのないような、親しみのこもった笑顔を向けた。

「ありがとう、助かるよ。これで店を仮押さえできる」

「楽しみよ、どんなお店になるのか」

「あなたに、いちばん最初のお客さんになってもらわなきゃ」

それからユタカは腕時計に目をやり「今から不動産屋に行かなきゃならないんだ」と言った。

「そう、いいのよ、早くいらっしゃい」

「ごめんね、ほんとは一緒にどこかに行ければいいんだけど」

「気にしないで」

「じゃ、また。指名待ってるから」

ユタカが店を出て行く。タクシーを止めて乗り込む姿が見える。振り向くかと思って、りつ子は笑顔を用意していたが、瞬《また》く間にタクシーは車の流れに紛れていった。テーブルには、飲みさしのコーヒーカップと伝票が残されていた。

――だから言ったじゃない。一回で済むわけないって。甘く見られてるのよ。だいたい、何でそんなにほいほいお金を出してしまうわけ？　アクセサリーショップなんて、作り話じゃないの？　もしかして、若い女の子と遊び回る軍資金にしてるんじゃないの？　そうじゃなかったらマージャンとかパチンコとか、ギャンブルにつぎ込んでるのよ。きっとそう。いい大人が、何を血迷ったことしているの。金ヅルになるなんてもうやめなさい。今に取り返しのつかないことになるわよ。

それから半年の間に、店の本契約に四十万、内装に二十万、仕入れに五十五万をユタカに渡した。それとは別に、月に一度、ユタカと会うために七万円を用意しなければならない。

消費者金融のＡＴＭはまるでゲームのようだった。こっちで借りたものを、あっちで借りて返すと、またすぐに借りられる。あっちで借りたものは、別のあっちから借りて返せば、それもまたすぐに借りられる。そんなことをやっていると、なあんだ、と笑ってしまいたくなった。

昼休みから帰り、裏口から入ろうとすると、店長とパートの会話が聞こえて来た。

「お客様ったら、誰か着たんじゃないかって、言うんですよ。もちろん、絶対にそんなことありませんって言っておきましたけど」

「そういう苦情、前にもあったよね」

「二度ほど」

「何でかなぁ」

「ほんとですよねぇ」

「どうかしたんですか？」

りつ子はふたりの会話に入ってゆく。

「いやね、ここのところ、続けてお客様から苦情が寄せられてね。妙なにおいがついていたり、シワが寄っていたりっていう」

店長が渋い表情で言う。

「ああ、前にもありましたよね。最近、本部の仕上げ雑になりましたよね。私も気をつけて点検しているんですけど」

「だよなぁ、今度の会議で議題に出しておこう」

「そうしてください。信用にかかわることですから」

オフシーズンお預かりコーナーから、りつ子はすでに三着の毛皮を売り飛ばしていた。着物も数枚リサイクルショップに持って行っている。

来週、三十万をユタカに渡すことになっていた。お金はまだ借りられるだろうか。それとも店の奥の棚から、高く売れそうなものをまた持ち出そうか。ああ、その前に、質屋に十七万で預けたバッグを引き取らなければならない。そろそろ客が取りに来る。

そんなことを考えながらも、りつ子はカウンターで洗濯物を受け取り、レジに打ち込み「シャツは糊《のり》なしですね」などと応対している。

そう遠くないいつか、すべてバレる日が来るだろう。そうしたらクビになる。きっと賠償金のようなものも取られるにちがいない。消費者金融への借金も嵩《かさ》み続けている。限度額まで行ったら、後はどうなるのだろう。私は警察に捕まるのだろうか。

店内にはいつものように有線がかかっていて、甘ったるいラブソングが耳に流れ込んでくる。パートの主婦が携帯電話で「だから、今日は無理だって」とひそひそ声で話している。

りつ子は不意に、欲しかったのは男ではなく、したかったのはセックスでもなかったのではないかと、思い始める。

私がしたかったのは恋。いつかどうせ滅びてしまうなら、恋に滅びてしまいたかった。

警察に捕まったら、私はこう言おうと思う。

「いいえ、彼のことは恨んでいません。私は彼のためにやったのではありません。恋のためにやりました。だから、彼には何の罪もありません」

すると妙に晴れ晴れとした気持ちになり、りつ子はパートの主婦に顔を向けた。

「よかったら、今日の遅番、替わりましょうか」

パートの主婦は、表情を崩し「すみません、助かります」と、ホッとしたように笑みを返した。

2

正江

……遠い誓い

「じゃ、行ってきます」

正江《まさえ》が居間に顔を覗《のぞ》かせると、夫の信夫《のぶお》から返ってきたのは「昼飯は？」だった。

「冷蔵庫に鍋焼きうどんが入ってます」

「ホイル鍋のやつか」

「ガスに掛けるぐらいできるでしょ」

もう朝の十一時を過ぎたというのに、夫はパジャマ代わりのジャージを着たまま、ソファに寝そべってテレビを見ている。

「帰りは？」

「夕飯までには帰ってきます」

最後は、我ながら邪険な口調だと思った。しかし夫は何も感じていないだろう。今の夫の関心事は「飯」だけだ。

玄関を出ると、ほっと息をついた。肺の中から濁った空気が吐き出され、身体《からだ》が急に軽くなる。まだ春には遠いが、冬は少しずつ気配を薄めていて、近所の塀の上からは満開の梅が覗いている。

正江は駅に向かって歩き始めた。ぶら下げた紙袋の中には、昨夜作った野菜の煮しめとオムレツ、シチュー、サラダがタッパーに詰められて入っている。二日分の夕食である。これを今から、駅三つ先の町で賃貸マンションに暮らす娘夫婦の部屋に持って行くのだ。

娘の加奈子《かなこ》は三十二歳、結婚して一年になる。義理の息子になる夫は淳司《じゅんじ》といって、加奈子より二歳年上だ。子供はまだない。と言うより、今のところ作る気はまったくないらしい。加奈子は化粧品会社の広報部に勤めていて、帰宅は深夜に及ぶこともたびたびで、「子供を産むなんて、とてもそんな余裕はない」と言っている。今は仕事が楽しくて仕方ないようだ。淳司は文具メーカーに勤めているが、忙しさは同じで、彼もまたあまり気にしている様子はない。

電車はすいていた。席に座ると、向かいに若い母子《おやこ》連れがいた。子供は三歳ぐらいだろうか。靴を脱いで席に乗り、一心不乱に窓の外を眺めている。自分もかつて、幼い加奈子を連れてよく電車に乗ったことを思い出す。あの頃、加奈子はアトピーがひどくて、週に三回病院に通っていた。自動車なんて買える余裕はなく、移動はいつも電車だった。

加奈子の上には兄となる文也《ふみや》がいる。そっちの方は三年前に結婚して、今は名古屋に住んでいる。お嫁さんが名古屋の人だから、果たして東京に戻ってくるのか、あまり期待はしていない。

三つ目の駅で下り、改札口を出てからすっかり通い慣れた道を歩いて行く。途中の商店街にあるドラッグストアで、トイレットペーパーとサランラップを買う。もう両手は荷物でいっぱいだ。

五分ほど歩いて、加奈子たちのマンションに着いた。バッグから合鍵を取り出し、オートロックを解除し、郵便受けからダイレクトメールを取り出し、エレベーターのボタンを押した。

部屋のドアを開けたとたん、ため息が出た。狭いマンションのたたきに靴が散乱していた。パンプスにスニーカー、男物スリッポン、サンダル。結構な大きさの下駄箱《げたばこ》があるのに、その前にブーツを三足も並べているので、それをどかさないことには靴の出し入れができない。なので結局、片付けるのが面倒になってしまうのだろう。

とりあえず空きスペースで靴を脱ぎ、廊下に上がった。短い廊下の奥がリビングダイニングになっている。

ダイニングテーブルの上には新聞やチラシが放り出され、食べかけの菓子やパンの袋と共に、コーヒーカップが五個も出ていた。ソファの背にはパジャマやカーディガン、たぶん加奈子が昨日着た服、淳司のワイシャツなどが無造作に掛けられている。リビングのテーブルにも雑誌やビールの空き缶、爪切りやボールペンなどが載ったままだ。壁際には、服でも買ったのかデパートの紙袋が、カーテン前には脱いだままの靴下が、そしてテラスのガラス窓の前にあるポール型の物干しには、もうこれ以上はハンカチ一枚も無理、というくらいの量の洗濯物が掛けられている。当然、キッチンもひどい状況だろう。浴室も洗面所もトイレも、見なくとも同じだとわかっている。

結婚した当初は、加奈子も少しは家事をやっていた。ウィークデイは外食や出来合いで済ませても、週末は手料理も作っていたようだ。しかし半年もたたないうちに投げ出した。掃除も洗濯も、必要にかられるまでそのままだ。見る間に、新婚の甘やかで小綺《こぎ》麗《れい》だった部屋は、この散らかりようになった。

その責任が自分にあるのも、正江はわかっていた。「忙しいなら、ちょっと手伝いに行こうか」と口にしてしまったのだ。「ほんと、助かる。おかあさん、お願い」と両手を合わされ、結局、甘やかしてしまった。この半年、週に二回、まるで家政婦のように通っている。今ではすっかりアテにして、加奈子はますます家のことは何もしなくなった。

最初の頃は、加奈子の忙しさを少しでも助けてやりたいという親心だった。しかし今は少し違っている。娘の夫、淳司さんに申し訳ない、その気持ちの方が強い。こんなものぐさな娘に愛想をつかしてしまうのではないか。いくら淳司さんの性格が穏やかでも、堪忍袋にも限界があるだろう。離婚されたらどうしよう。あんな娘を貰《もら》ってくれるような男はきっと二度と現れない。

今の夫婦は、自分たちの世代とは違って、夫が稼ぎ妻が家事をする、という図式が成り立たないことぐらいわかっている。それでも、いくら働いているにしても、自分の娘がこの散らかりようにに平気でいる無神経さが情けない。育て方を間違ってしまったのではないかと思う。

だから淳司さんには本当に感謝している。加奈子が淳司さんを初めて家に連れてきた時は、何だか頼りない気がしたが、今は印象がすっかり変わった。たまに遊びに来ると「いつもすみません。この間の肉じゃがおいしかったです」などと、優しい言葉を掛けてくれる。加奈子なんか知らん顔だ。それどころか「少しはカロリーのことも考えてよ」などと注文をつける。母の日や誕生日に花を贈ってくれるのも淳司さんだ。まったくもって加奈子には過ぎた夫だ。

正江は惣菜《そうざい》が入った紙袋をキッチンに持っていった。もちろんシンクは洗い物でいっぱいだ。コンビニの弁当殻が出ている。昨夜もろくなものは食べていないらしい。

「さて、やるとするか」

正江はセーターの腕をまくり、水道の蛇口を捻《ひね》った。

午後三時半にマンションを出て、電車に乗り、スーパーで買い物をして、家に着いたのが五時少し過ぎ。夫は同じ格好でまだテレビを見ていた。

「ただいま」

「飯は？」

「すぐ用意するから」

「ビール」

正江は冷蔵庫から缶ビールを取り出し持って行く。夫は受け取りながらも、テレビから目を離さない。夕食の準備が整い、食卓に呼んでも、夫の視線はテレビを追い続けている。自分たちは今、三人家族なのだと思う。自分と夫とテレビ。食事の時も三人で卓を囲んでいる。だからと言って、そのことを不満に思っているわけではない。テレビがなければ、今度は沈黙と食卓を囲まなければならない。それはあまりに息苦しい。

結婚して三十五年になる。

息子も娘も結婚した。一歳違いの夫はちょうど六十歳、三ヶ月前、定年退職を迎えた。

正江は再就職を望んだが、夫は聞き入れなかった。

「子供らも独立したし、責任はもう果たした。後は自由に暮らしたい」

と夫は言った。しかし望んだ自由とは、毎日こうしてテレビと向き合うことだったのだろうか。ゴルフをしたい、釣りに行きたい、登山も始めたい、蕎麦《そば》も打ってみたい。あれやこれや口にしていたのは、その自由の中には入ってなかったのだろうか。

不意に、夫が大きな笑い声を上げた。テレビで誰かが面白いことを言ったらしい。正江は箸を止め、夫に顔を向けた。ずっとソファで寝ていたせいで、夫の髪には妙な癖がついている。顎からたるんと皮膚がぶら下がり、鼻毛が少し覗いている。

ふと、三十数年前、この男に身も心も奪われていた自分を思い出し、正江は呆然《ぼうぜん》とする。

そんな時が確かにあったのだ。好きで好きでたまらず、信夫のことを考えると夜も眠れず、会いたくて会いたくて、会えば触りたくて、触ればセックスしたくて、セックスすれば帰りたくなくなる、その繰り返しだった。狭くて汚い信夫のアパートで、時間を惜しむように抱き合い、この人のペニスを愛《いと》しさいっぱいで口に含んだ。

正江と信夫は、いわゆる団塊と呼ばれる世代である。子供の頃から人が多くて、小学校も中学校も、理科室や音楽室まで教室に回さないと生徒が入り切れなかった。学生運動も活発で、正江自身は強い意志があったわけではないが、時代のエネルギーに圧倒されるようにおずおずと足を踏み入れた。

大学生の時、友人に誘われて出掛けた小さな集会で信夫と出会った。信夫は輝いていた。メンバーたちをまとめ、意見の食い違いを冷静に収め、何よりも、信夫の口から発せられる言葉は強い説得力を持っていた。正江は瞬《またた》く間に恋をした。

「馬鹿だなぁ、正江は」

正江は信夫から目を細めてそう言われるのが何より好きだった。馬鹿だな、と言われるたび、信夫の自分に対する気持ちが深まってゆくような気がした。だから、たとえ知っていても知らないふりをした。正江は信夫の前で無知であることが幸せだった。

信夫が就職を決めた時、周りは驚いた。誰もサラリーマンになるとは思っていなかった。確かに、あの頃の信夫にはいちばん似合わない生き方だったはずである。

「誰に何と言われてもいいんだ。いちばん大切な人を守りたい。今の俺はそれだけだ」

正江との結婚のために、サラリーマンという道を選んだと聞かされた時、正江は気が遠くなるほどの幸福と恍惚《こうこつ》を味わった。信夫さえいてくれたら、他に何もいらない。もし将来、たとえ信夫が犯罪者になったとしても、病気で寝たきりになったとしても、一生愛してゆける。信夫のためなら、自分の命さえ投げ出せると思っていた。

結婚し、一年後に文也が生まれ、その二年後には加奈子が誕生した。まだ幼いふたりを前にして、正江はいつも言っていた。

「おとうさんはすごい人なのよ。おとうさんみたいな人は他にいないのよ」

夫は会社であまり出世しなかった。だからと言って正江は少しも気にならなかった。もともとサラリーマン向きではないのに、私との結婚のために我慢してなってくれたのだ。違う道を選べばもっと才能を発揮し、もっと注目されただろう。その将来を奪ったことを申し訳なく思っても、不満に感じるなどあるはずもなかった。

夫は相変わらずテレビに釘付《くぎづ》けになっている。何か話しかけようかと思うのだが、その気力が湧いて来ない。

　かつて、毎日、食卓でさまざまなことを夫に語った。ほんのちょっとでも、夫が興味を持ってくれたり笑ってくれたりするだけで嬉《うれ》しかった。聞いていなくても「もう、あなたったら」と拗《す》ねて見せることが幸せだった。

今、それはテレビの役割だ。夫は熱心にテレビの話に耳を傾けている。

　私たちはいつからこうなってしまったのだろう。

　今となっては、いったいそれがいつだったか思い出せない。ある時「おまえは馬鹿だな」と言われて、身体が震えるほど怒りに包まれた。どうしてそうなったか自分でもよくわからない。そう言われるのがあんなに嬉しかったはずなのに、本当に突然、忌々《いまいま》しくてならなくなった。「あなたにそんなことを言われたくない」と言い返すと、夫は一瞬驚いたように何度か瞬《まばた》きした。きっとあの時だ。あの時、何かが変わったのだ。いや、それよりも、夫が会社の取引先の女と浮気をして、その女から「ご主人と別れて欲しい」という電話を受け取った時だったかもしれない。夫は最後までシラを切り通したが。預金通帳からは三十万が消えていた。それとも、同僚が上司になったことが受け入れられず「俺はおまえと一緒になって人生を棒にふった」と言われた時だろうか。それとも、昔の友人を家に呼び、苦笑されているのにも気づかず、学生時代のまま彼らにとうとうと蘊蓄《うんちく》を述べる姿を見た時だろうか。

「お茶」

「はい」

正江はポットから急須に湯を注ぐ。

夫は変わった。夫はこんな人じゃなかった。夫はもっとすごい人だった。テレビだけが生きがいの、老いて、鼻毛を見せて、それにすら気づかない夫。そんな夫に正江は失望していた。

でも、本当に失望しているのは自分に対してだ。かつて、あんなに好きで、何があってもこの人を愛し続けると、胸の中であれほど熱く誓った自分が、それを守れず、夫を胸の奥で軽蔑すらしている。わかっている、裏切ったのは夫ではなく、自分の方だ。

その日、娘夫婦のマンションに行くと、リビングのソファにパジャマ姿の淳司が座っていてびっくりした。

「どうしたの」

「あ、おかあさん……」

淳司は気まずそうに首をすくめた。

「会社は？」

「ちょっと風邪《かぜ》をひいてしまったみたいで」

「あら大変、熱は？」

「少し……」

「だったら、寝てなさい。もしかして朝から何も食べてないんじゃない？」

「はあ……」

「雑炊なら食べられる？」

「いえ、そんな」

「いいのよ、すぐ作ってあげるから。さ、寝てらっしゃい」

正江は淳司を寝室に追い立てた。淳司がこんなふうだというのに、ダイニングもリビングも相変わらずの状態だ。とにかく先にキッチンに入り、買ってきた材料と冷蔵庫にあるもので雑炊の準備をする。コンロに鍋をかけ煮込んでいる間に、ざっと部屋を片付けた。十分もあれば体裁が整うというのに、たったそれくらいのことがどうして加奈子にはできないのかとまた情けなくなる。

やっぱり育て方を間違えたのだ。第二次ベビーブームで生まれた加奈子は、正江の時と同様、子供の数が多くて何でも競争になった。何よりの目標は受験で、受験科目以外の授業は熱心にやらなくてもいいと言ったのは正江である。料理も掃除も洗濯も「そんなことより勉強しなさい」と、させなかった。そのツケが回って来たのだ。

雑炊が出来上がり、正江は寝室のドアをノックした。

「淳司さん、出来たけどこっちに来られる？」

「はい、すぐ行きます」

キッチンに戻って、茶碗《ちゃわん》に雑炊を盛り、梅干しと漬物の小皿をテーブルに運ぶと、すぐに淳司がやって来た。パジャマ姿からジーパンとTシャツ姿に変わっていた。

椅子に腰を下ろし「いただきます」と礼儀正しく手を合わせ、淳司がそれを口にする。

「ああ、おいしいなぁ」

目を細めて淳司は言った。

「そう、よかった」

正江はキッチンに戻り、ほうじ茶の用意をする。

「何か、ホッとします、この味」

正江はポットと急須と湯飲みを盆に載せ、ダイニングに戻って淳司の向かいに腰を下ろした。

「淳司さんだけよ、そんなこと言ってくれるの」

「おとうさんも加奈子も、おいしいのに慣れ過ぎているんですよ」

正江は息を吐く。

「本当にごめんなさいね。加奈子が何にもできないものだから、淳司さんも呆《あき》れているでしょう。後悔してるの、あの子には方程式だとか単語とか、そういうことの前に覚えさせなきゃいけないことがあったんだって」

「彼女は僕なんかよりずっと優秀だから」

「優秀って何かしらね。女なんて、仕事なんかできない方が却《かえ》って幸せになるんじゃないかしらね。まあね、こんなこと言うと、加奈子が目の色変えて、男女差別とか何とか、文句を言うんだろうけど」

「おかあさん、幸せそうですもんね」

「私が？」

びっくりして正江は淳司を見直した。

「そう見える？」

「見えますよ、もちろん」

今、自分で口にしておいて、正江は喉の奥が苦くなる。結婚する時、主婦となって家に入ることが嬉しかった。信夫のシャツやパンツを洗濯し、信夫が心地よく過ごせるよう掃除し、好きなおかずを用意し、信夫の帰りを待つ暮らし。それこそが幸せだった。

それなのに、どうして自分は今、こんなところにいるのだろう。

「おかあさん」

呼ばれて、正江は我に返った。

「すみません。僕、本当は風邪じゃないんです」

淳司は箸を置いて、膝に視線を落としている。

「え？」

「正直言うと、ズル休みなんです。どうしても会社に行く気になれなくて」

正江はわずかにテーブルに身を乗り出した。

「何かあったの？」

「我ながら、情けないってわかってるんですけど……」

そして、おずおずと淳司は語り始めた。

話の内容はつまり――ソリの合わない上司がいて、前々からイジメとしか思えないような扱いを受けて来たが、我慢できたのは、二年で上司が異動になると聞いていたからだ。それなのに、春の異動でも今の部署に残ることに決まり、これからまた二年、いやもしかしたらそれ以上、毎日この上司と顔を合わせていかなければならない。それを思うと、どうにも気持ちが鬱々《うつうつ》として、通勤電車にすら乗ることができなくなった。たったそんなことで、と思われるかもしれないが、僕はもう耐えられない。できるなら会社を辞めたい。加奈子にも話したが「子供じゃないんだから、それくらい我慢しなさいよ」と、呆れるばかりで聞き入れてくれない。でもどうしても会社にも行きたくなくて、それで風邪をひいたことにして休んだ――ということだった。そして、最後に淳司は肩を震わせ「すみません」と頭を下げた。ふと、淳司が以前より少し痩せていることに気づいた。

「そんなひどい上司じゃ、しょうがないわよね」

意味があったわけじゃない。うなだれる淳司を見ていると、そう言うしかないように思えた。すると淳司は捨て犬にも似た、期待に満ちた眼差《まなざ》しを向けた。もう引っ込みがつかなくなった。

「そうよ、何もそんなに辛《つら》いところで働かなくても、淳司さんなら他にきっといい仕事があるわよ。そんなに嫌なら辞めればいいじゃない」

「でも、加奈子やおとうさんが何と言うか……」

「そうかもしれないけど、でも、単なるわがままじゃないんでしょ。今まで我慢に我慢を重ねて、やっぱり駄目だってことなんでしょ。淳司さんみたいな人がここまで追い詰められるのはよほどのことだと思う。せっかくの人生を、苦しいことだけに使うことなんかないんだから」

「ありがとうございます。おかあさんにそう言ってもらえて、僕は、僕は……」

肩が震えている。驚いたことに、淳司は泣いているのだった。三十過ぎの男とは思えないような無防備さで、洟《はな》をすすり、ごしごしと目をこすっている。

「ほんとに辛かったのね」

正江はその姿を眺めながら、自分の胸の奥底からひとつ、またひとつと小さな泡が湧き上がってくるのを感じた。たぶんそれは、長い間忘れていた愛おしさというものだ。それがゼリーが固まるように少しずつ形になってゆく。このまま手を差し伸べて、その垂れた頭を包み込んでやりたかった。抱きしめてよしよしと背中を優しく叩いてやりたかった。私がいなければ、私が救ってあげなければ、そうでなければこの子は、この人は……。


週末、加奈子がやって来た。

玄関の戸を開けると、こんにちはもただいまもなく、足音を荒くして居間に入って来た。

「おとうさん、聞いてよ」

ソファでテレビを見ていた夫に、食って掛かるように言い、床に座り込んだ。

「何だ、いきなり」

「淳司、会社を辞めちゃったのよ。私に無断で、ひとりで勝手に」

「辞めたぁ？」

夫が頓狂な声を上げた。

台所で洗い物をしていた正江はゆっくりと顔を上げた。加奈子と目が合った。

「おかあさん『人生を苦しいことだけに使うことはない』なんて言ったんだってね。それが背中を押してくれたって淳司が言ってた。どうしてそういうこと言うわけ？　信じられない」

「淳司さん、本当に辛そうだったのよ」

「娘のダンナなのよ、とりあえず世帯主なのよ。それなのに無職になるのを勧める母親がいる？」

「新しい仕事を探せばいいじゃない」

「呆れた。今の世の中、そうやすやすと見つかるわけないじゃない」

「おまえ、本当に勧めたのか」

夫の声に、正江は仕方なく頷《うなず》く。

「世の中を知らないもんが、無責任なことを言うんじゃない」

怒声に近かった。正江は水道のレバーを下げて水を止めた。今、自分の身体を熱くしているものが怒りだとわかっていた。大きく息を吸った。

「加奈子、よくそんなに淳司さんばっかり責められるわね。家の中の片付けひとつできない、料理も作らない、洗濯も掃除も、全部私任せじゃないの。仕事を言い訳にして、主婦らしいことはみんな投げ出したんでしょ。だったら淳司さんに、今更ダンナさんらしい役割を押し付けるのもおかしいじゃない」

こんな大声を張り上げるとは思っていなかったらしい。加奈子も夫も、目を丸くして正江を見ている。

「淳司さんみたいなまじめで優しい人が、会社を辞めるっていうのは、それだけ追い詰められたってことなの。ちゃんと親身に話を聞いてあげたの？　どうせ、自分のことしか頭になくて、適当に聞き流していたんでしょ。あんたが投げ出したのは主婦業だけじゃない、淳司さんに対する思いやりもなのよ。わかってるの」

さすがに加奈子は黙った。

「最近の若い奴《やつ》らは我慢が足りんのだ」

夫はまだ不満そうに口にする。正江は夫に顔を向けた。

「おとうさん、いつか言ったわよね。『俺はおまえと一緒になって人生を棒に振った』って。そのことは申し訳なく思ってる。ずっと負い目に感じていたの。だからこそ、淳司さんに同じ思いをさせたくないのよ。加奈子だって嫌でしょう、将来そういうことを言われて責められるの」

夫は何か言いたそうに唇を動かしたが、結局は言葉にならず、不貞腐《ふてくさ》れたように小さく咳払《せきばら》いをした。

加奈子はしばらく黙っていた。居間にテレビの音だけが流れて行く。テレビの中の観客が笑い声を上げている。自分たちのことを笑っているようにも聞こえる。

わかった、と、やがて加奈子はぽつりと言った。

「いい、わかった、そこまで言われたら覚悟はついた。私は今まで以上にバリバリ働く。だから淳司には次の仕事が見つかるまで主夫をやってもらうことにする。そうよ、それくらいのことしてもらってもバチは当たらないわよね」

それから唇を尖《とが》らせたまま、半ば自棄《やけ》になったように続けた。

「おかあさん、淳司に料理とか掃除とか、ちゃんと教えてやってよね。それくらいの責任は取ってよね」

それからマンションに通うのは週四回になった。

学生時代から結婚するまで寮生活を続けてきた淳司は、掃除や洗濯ぐらいは何とかやれても、料理はからっきしだった。味付けどころか、包丁の持ち方から教えなければならなかった。

「左手の指を丸めて、それに添えるように包丁を当てて」

と、正江はひとつひとつ教えてゆく。

最初の頃は、主夫業を押し付けられたことに淳司がプライドを傷つけられるのではないかと懸念したが、どうやら杞憂《きゆう》だったようだ。

「僕、もともと図画工作が得意だったんです」

などと言って、まるで新しいおもちゃを与えられた子供のように、興味津々でそれらをこなしている。

スーパーへの買い出しも一緒に出掛けた。カートを押しながら、ふたりであれやこれやと材料を買い込むのは、どこか面映《おもはゆ》いが、楽しくもあった。

遠い昔、時折、夫とふたりで買い物に出掛けた。お金もなかったから、大したものを買うわけではないが、自分たちはこうしてふたり揃《そろ》って買い物をするくらい仲がいい、と、周りに自慢したいような気持ちだった。この年になっても、夫婦が揃って買い物をしている姿を見ると、つい目を留めてしまう。羨ましいというのとは違う。今更、夫と買い物なんかしたくもない。それでも、少し胸がざわざわする。

今日も、店内を回りながら、今晩の献立を考えた。

「さあ、何にしましょうか。昨夜は肉みそ炒《いた》めだったから、今夜はさっぱりめがいいわね」

「できたら、茶碗蒸しと煮魚に挑戦してみたいんですけど」

「あら、冒険ね」

「前におかあさんが持ってきてくれたの、すごくおいしかったから」

そんな言葉が素直に嬉しい。夫も加奈子も「おいしい」と言ったら負けとでも思っているように、褒めてくれたことはない。

「じゃあ、そうしましょうか」

材料を揃えて、マンションに戻る。キッチンで、買ってきた鶏肉と鳴門《なると》としいたけ、煮魚用の鰈《かれい》の切り身などを取り出し、すぐに調理にかかる。

「あ、鶏肉はもう少し小さく切った方がいいわ。ちょっと包丁を貸して」

手を出すと、まな板の上で淳司の手と並んだ。それを見て、正江は思わずぎょっとし、慌てて引っ込めた。自分のシワだらけの肌といい、シミの散った甲といい、ふくらんだ節といい、明らかに老若の違いが晒《さら》されていた。え？ と、淳司が怪訝《けげん》な顔をする。正江は慌てて笑いに変えた。

「何でもないの。淳司さんの手と較《くら》べたら、自分のがあんまりおばあちゃんなんで、我ながらびっくりしただけ」

「そんなことないですよ」

「三十五年も主婦をやってるとね」

「おかあさんみたいな手が、おいしいものを作るんだな。今の若い女の子たちの、マニキュアを塗りたくった爪で何かこしらえられても、げんなりするだけです」

「それは加奈子も同じじゃね」

「まあ、彼女は仕事柄仕方ないけど。僕は、おかあさんの手、好きだなぁ。何かすごくあったかい感じがする」

正江は困惑する。同時に自分の中に感動がわいていることを知る。娘の夫の、お世辞でしかないとわかっている言葉に、自分の胸が震えていることに、驚いている。

「あらあら、淳司さん、褒め上手ね」

そう返すのがやっとだった。


正江は鏡台の前にいる。

そこに映っているのは、間違いなく来年還暦を迎える老いた顔だ。肌はくすみ、頬は垂れ、目の周りには数えられるくらいの大きなシワと数えられないくらいの小さなシワが広がっている。老けたのは何も夫だけではない。老いは平等に訪れている。

いつもは白粉《おしろい》をはたいて、眉を整え、目立たない色の口紅を塗る程度だが、久しぶりにファンデーションを付けてみた。それくらいではシミは隠せない。更にその上からもう一度塗ってみた。ようやくシミが目立たなくなった。それからぼやけた目元にラインを入れ、引き出しの奥から何年も前に使っていたブラウンのアイシャドウを探し出して、それも塗った。頬紅もさした。口紅も一度も使ったことがなかった明るいオレンジ色にした。

正江は鏡に映る自分を眺める。

少しも、美しくも若くもならない。むしろ老いが際立って、若作りに必死の形相でいる、滑稽なおばあさんにしか見えなかった。

化粧をするのはいつも綺麗になるためだった。実際、そうなっていたはずである。それがいつの間にか、化粧すればするほど老いが際立ち、いっそう醜い老婆になってしまう。そして、そのことに傷ついている自分に、正江は更に打ちのめされる。肉体が老いるように、どうして精神も老いてしまわないのだろう。

正江は両手で顔を覆った。泣くつもりなどなかったのに、わずかな嗚咽《おえつ》が指の間から零《こぼ》れ落ちた。

四ヶ月ほど過ぎた頃、加奈子から連絡があり、淳司とふたりで家に来るという。すっかり家事に慣れた淳司に、今はもう手を貸すことはほとんどない。最近では、頼まれればマンションに出向くぐらいだ。

もしかしたら離婚話ではないか。そんな予感は夫も同様だったらしく、朝からどこか緊張している。

昼過ぎにふたりはやって来た。居間のソファで、さすがに今日はスラックスとシャツといういでたちの夫が、ふたりを迎えた。テレビは相変わらず点《つ》いたままだ。三人家族なのだから仕方ない。土産《みやげ》で貰ったカステラを切り、正江は日本茶と一緒にテーブルに運んだ。

「いろいろご心配をおかけして申し訳ありませんでした」

淳司が、正江と夫の前で深く頭を下げた。

「ようやく仕事が決まりました」

夫が表情を明るくし、安堵《あんど》の声を上げた。

「そうか、決まったのか。どんな仕事だ？」

「在宅ワークです」

「在宅……？　何だ、そりゃ」

「家でできる仕事ってことよ」

隣に座る加奈子が説明する。淳司とは逆に少し太ったように見える。

「つまり内職みたいなものか？」

「まあ、そういうことになります」

たちまち夫の顔が曇ってゆく。

「そんな仕事しかないのか。淳司くんはそれでいいのか」

夫は困惑したように淳司に尋ねる。

「ＩＴ関係の友人から、そこそこ収入になる仕事を請け負えることになりました。外で働くことも考えたんですけど、性分からいって僕にはこっちの方が合ってるかなって」

「しかしな……」

「私がそうしてって言ったの」

また加奈子が間に入る。

「だって在宅ワークなら、その合間に家事をしてもらえるし、そうしたら私も今まで通りに働けるでしょう。淳司も主夫をやるのはぜんぜん苦痛じゃないって言ってるし。それだったら子供が生まれても安心だしね」

え……。

正江と夫が同時に声を上げた。

「加奈子、おめでたなの？」

正江の問いに、加奈子は肩をすくめて、淳司と目を合わせた。

「うん、三ヶ月だって」

夫の口調も様相もいっぺんで変わった。

「そうかそうか、そういうことか」

淳司が改めて頭を下げた。

「いろいろありましたが、ふたりでよく話し合って、僕たちなりのスタイルで生活をしようってことに決めました。おかあさんには、これから育児のことやなんかをまた教えていただくことになると思いますけど、どうぞよろしくお願いします」

「というわけで、おかあさん、よろしく」

正江はふたりの顔を交互に眺める。

あんな状況の中でも、ふたりは離婚もせず、別居もせず、愛し合っていた。怒りながら、呆れながら、布団の中で肌を重ね合わせていた。きっと、それが夫婦というものなのだろう。

「やだ、おかあさんったら、泣くことないじゃない」

言われて目尻を拭うと、指先が濡れていた。

「そんなに喜んでもらえるなんて思ってなかった……」

加奈子の声まで湿っぽくなる。

「よかったね、本当によかった、よかった」

正江はその言葉を繰り返した。

3

茉莉

……さまよう蝶は傷つかない

このビルにしよう。

茉莉《まり》は足を止めて、四十七階建ての高層ビルを見上げた。

古くてダサいビルは嫌だった。築年数がそんなにたってなくて、清潔な感じのするビルがいい。だからと言って、浮かれた人間ばかりがひしめきあっているファッションビルや、お洒落《しやれ》なレストランが入っているのはごめんだ。そこで遊ぶ奴《やつ》らに目撃されて、眉を顰《ひそ》める姿を想像しただけで腹が立つ。一流企業のサラリーマンやOLが、品のいい笑顔を浮かべて出入りしているところがいい。そういう意味で、ここはぴったりのビルだ。しかも、このビルは十階に屋上庭園がある。そこを目指せば、コンクリートに打ち付けられて、頭が潰れ、血が飛び散るなんてカッコ悪い姿になることもないだろう。テレビで見たのだけれど、流れた血をデッキブラシで洗っている人がものすごく不機嫌な顔をしていた。あれを見たら、いくら死んだ後のこととはいえ、気が滅入《めい》ってしまう。

ここなら血が出ても土が吸い取ってくれる。時々、土は柔らかいから助かるなんて話を聞くけれど、さすがに三十七階分も落ちればその可能性はないに違いない。もしかしたら、発見された時、きれいな姿のままで花壇の中に横たわっていられるかもしれない。

茉莉はビルの中に入って行く。

ホールの向こうにはエレベーターが何基も並んでいて、十階直通とか各階止まりとかいろいろあって迷ってしまう。大手のオフィスが入っている階は直通で、その前にはゲートがあり、その上ガードマンが立っている。もちろんそちらには近寄らず、茉莉は最上階行きのエレベーターに乗り込んだ。七人ばかりが一緒だった。

ドアが閉まり、箱が上り始めると、頭の血が引いて少し気持ち悪くなった。

子供の頃、乗り物酔いがひどかった。幼稚園の年長組だった夏休み、買ったばかりの車のシートに昼間に食べたそうめんを吐いて、母親に叩《たた》かれたことを思い出した。最後に思い出すのがこんなことかと思うと急に情けなくなった。楽しかったことを思い出そうとしたけれど、結局、そんなものがなかったからここに来た、ということを思い出しただけだった。

驚いたことに、最上階は展望室になっていた。茉莉もそうだが、そんなものがあるとはあまり知られていないらしく、数組のカップルが肩を寄せて窓の前に立っているだけだった。今、午後三時少し前。目の前でいちゃついてるのは大学生だろうか。高校生かもしれない。どちらでもいい。自分より年下なのだけは確かだ。窓に広がる風景は薄ぼんやりと春霞《はるがすみ》に覆われている。

困ったのは、庭園のある方角の窓が開かなくなっていることだった。そこだけではない、窓はみんな嵌《は》め込み式になっていた。考えてみれば当たり前のことだと思いながら、茉莉は展望室をゆっくりと一周してみた。その間に、三つあるドアのノブを人目につかないよう回してみたが、どれも鍵が掛かっているか、暗証番号で解除しなければならなかった。もちろんトイレにも行ってみたが、そこに窓はなかった。

一階分だけ降りてみようと、再びエレベーターに乗り込んだ。46のボタンを探したが「・」になっている。その時になって三十階までノンストップだということに気がついた。仕方なく30を押し、その階で降りた。

三十階はいろんなオフィスが入っていた。茉莉はここでも窓を探したが、見つけたところはすべて最上階と同じ嵌め込み式になっていた。トイレはどうなっているだろう、と廊下をうろうろしながら探していると、ふと、半透明のガラス戸に書かれてある『カウンセリング』という文字に目が留まった。

茉莉は足を止めてその文字を眺めた。

前に勤めていたキャバクラの店に、茉莉よりひとつ年下の女の子がいた。華奢《きやしや》なのに胸だけが大きく、美人ではなかったけれど、肌はきれいだった。妙に気が合って、仕事の帰りに一緒にご飯を食べたり、時にはクラブに踊りに行ったりした。あの時、彼女はまだ十九歳だったが、手首にたくさんの傷を持っていた。リストカットマニアだったのだ。マニアなんて言ったら叱られるかもしれないが、本人が自分でそう言ったのだから仕方ない。十四歳で初めて手首を切って、流れる血を見たらものすごく気持ちがよくなって、それから繰り返すようになったという。

そんなに死にたい？　と、聞いたら「そういうわけじゃないんだけどね」と、首を傾《かし》げながら笑顔を浮かべた。

「だから、最近はしてない」

治ったってこと？

「カウンセリングに通ったから」

カウンセリング？

「聞いたことあるでしょ？　心の病院みたいなところ。先生がたくさん話を聞いてくれるの。今まで誰にも言えなかった悲しいこととか恥ずかしいことなんかも全部。そうしたら、気持ちがすっごく楽になったの」

その後、別の店に移ったので、彼女がどうなったかはわからない。ただカウンセリングが「何でも聞いてくれる場所」ということだけは頭に残っていた。そして今、この文字を見てそれを思い出したのだ。

死ぬつもりでこのビルに来たけれど、心のどこかで止めてくれる誰かを求めているのかもしれない……なんて考えそうになって、茉莉は不意に腹が立った。そんなはずがない。そんな簡単に翻《ひるがえ》るような決心でここに来たわけじゃない。たとえ、心の隅を楊枝《ようじ》で突っつくようにして洗いざらい喋《しゃべ》ったとしても、死ぬことは変わらない。いや、変わってたまるもんか。

そんなことを考えていると、むしろそれを確かめたい気持ちになって、茉莉はドアに手を掛けた。

ドアの向こうには、白を基調にした十畳ぐらいの部屋があった。ソファもテーブルも白だが、冷たい感じがしないのは少しベージュがかっているせいだろう。壁に掛けられた外国の街並みを描いた絵、花瓶には名前の知らない黄色と白の花がふんだんに生けられていた。

「ご予約でいらっしゃいますか」

左手のカウンターで、淡いピンク色の制服を着た受付嬢が笑顔を向けた。不自然なくらい唇の両端をきゅっと上げているので、却《かえ》って無表情に見えてしまう。

いえ……。

「当院には初めての受診でいらっしゃいますか」

そうです。

受付嬢は少し困ったような顔をして「ちょっとお待ちください」と、カウンターの奥に引っ込んで行った。しばらく待っていると再び姿を現した。

「当院は完全予約制ですが、今日はたまたま時間が空いていますので受診できます」と、少しもったいぶった言い方をした。それが気に障《さわ》ったが、口から出たのは、お願いします、という言葉だった。

「では、こちらの問診表にご記入お願いします」

バインダーを渡されて、茉莉はソファに腰を下ろした。バネに挟まれたボールペンを取り、問診表を埋めてゆく。

名前・浅井茉莉。年齢・二十一歳。職業・接客業。

（睡眠）浅い・普通・深い　浅いに○。

（食欲）ない・普通・ある　ないに○。

（体調）悪い・普通・よい　悪いに○。

既往症だとか、妊娠の可能性だとか、嘘《うそ》はつかずに○を付けた。受付嬢にバインダーを渡し、またしばらく待たされ、名前を呼ばれた。

「浅井さん、どうぞ」

診察室に入ったとたん、目の前に巨大な窓ガラスが飛び込んで来た。茉莉は惹《ひ》きつけられるように近づいた。額を押し付けながら下を覗《のぞ》くと、十階の屋上庭園が広がっていた。幸運と呼んでいいように思えた。ここは三十階だが、下まで二十階分の高さがある。これだけあれば大丈夫だ。

この窓、開かないんですか？

尋ねると、背後から落ち着いた声が返って来た。

「残念ながら」

そう……。

「どうして、そんなことを聞かれるのですか」

飛び降りたいから。

「どうして飛び降りたいのですか」

死にたいから。

「どうして死にたいのですか」

そっちこそ、どうしてそんなことを聞くのよ。

「それが仕事ですから」

ああ、そうか。

茉莉はゆっくりと振り向いた。

細いフレームの眼鏡をかけた男がソファに座っていた。白衣を着ているわけではなく、落ち着いたグリーンのシャツに薄茶のコットンパンツを穿《は》いている。四十歳前後だろうか。前髪にほんの少し白髪が混ざっている。医師というより美術の先生みたいだった。

「とにかく、こちらに来て座ったらどうですか」

改めて見回すと、この部屋も待合室と同じく白で統一されていた。診察室というより、まるでモデルルームのお洒落なリビングのようだった。ゆったりめの三人掛けのソファと、先生が座っているひとり掛けソファがあり、向かい合うのではなくL字型に置いてあるのが何となくいい感じがする。

茉莉は先生の言葉に従い、ソファに腰を下ろした。

「はじめまして。私は臨床心理士の城戸《きど》と申します」

先生が柔らかい表情を向ける。

どうも。

茉莉はわずかに頭を下げた。

「カウンセリングは？」

初めて。

「そうですか。では、緊張もあると思いますので、雑談でもするような気分で始めましょうか」

細いフレームの眼鏡の奥には穏やかな瞳があり、そのどこか温度を感じる視線に、茉莉は思いがけずほっとしている自分に気づいた。

「さっき、死にたいなんて言ってらしたけれど、何があったのか話してもらってもいいですか」

茉莉はしばらく口ごもった。決心するに余りある理由のはずだが、それを口にしたとたん、とんでもなく下らない話になってしまいそうな気がした。

別に……。

「ただ、何となくってことですか？」

それ、話さなくちゃいけないんですか？

「いいえ、無理に話す必要はありません。あなたが話したいことを話してくだされば結構です」

話したいことって言っても……すぐには思いつかない。

「そうですね。じゃあ、こうしてみましょう。誰かを思い浮かべてみませんか」

誰か……。

茉莉はぼんやり天井を眺めた。

「誰が浮かびましたか？」

おとうさん、かな。

自分でも思いがけなかったが、その顔が蘇《よみがえ》った。

「そう、おとうさんですか。あなたは、おとうさんが好きだったんですね」

中学一年の夏までは。

「どうして中学一年の夏までなんですか？」

夏休みがあけたら、再婚したから。

言葉にすると、不思議なぐらいするすると過去が手繰《たぐ》り寄せられた。

再婚の二年前に母親が男を作って家を出て行った。父はどこかで覚悟していたのかもしれない。まじめで穏やかな父に較《くら》べ、母親は美人で気が強く、その上奔放だった。茉莉は母親が嫌いだった。すぐ癇癪《かんしやく》を起こすし、ちょっとしたことで叩いたりつねったりした。だから母親がいなくなってせいせいしたくらいだった。

二人暮らしになってから、家のことは茉莉がみんなやった。掃除も洗濯もしたし、料理も作った。夜は父と一緒に寝た。怖い夢を見て、寝ている父の身体《からだ》にしがみつくと「大丈夫だよ」と、いつも背中をやさしく撫《な》でてくれた。

再婚した相手は普通のおばさんだった。いい人なのかもしれないが、それ以外は何の取り得もない女に見えた。女の料理はあまりおいしくなかったし、ブラウスの畳み方は下手《へた》だったし、窓を閉めたまま掃除機をかけるような無神経さがあった。でも、それは許せる。いちばん腹が立ったのは、父親とその女が一緒に寝るようになり、茉莉が寝室から追い出されたことだ。いつだったか、夜中にトイレに起きて階段を下りたら、父の寝室からすすり泣くような声が漏れていた。その頃はまだセックスがどういうものかよくわかっていなかったが、父親と女が何をしているかぐらいの想像はついた。

「それでどうしたんですか？」

茉莉は先生に改めて顔を向けた。

徹底的に反抗することにした。女をババァと呼び、出された料理には文句をつけ、体操着の洗濯はわざと授業のある前の日の夜に出した。部屋を散らかし、女の財布からお金を盗み、塾に行くと言って夜遊びし、万引きをした。女を追い詰めて、何が何でも家から追い出してやるつもりだった。

「それで追い出せた？」

茉莉は静かに首を振る。

追い出されたのは茉莉の方だった。中学三年になる前に、祖父母の住む田舎《いなか》に転校させられたのだ。

「そうか。その時、どう思いましたか？」

最初はただびっくりした。父親が自分ではなくあの女を選ぶ、そんなことがあるなんて考えてもいなかった。自分は女よりずっと若くて可愛《かわい》いし、何より血の繋《つな》がった父娘《おやこ》なのだ。女なんか所詮赤の他人ではないか。それなのに父は女を選んだ。どうしてそんなことになったのかわからなかった。

「どうしてでしょうね」

たぶん。

「たぶん？」

茉莉は真っ直《ます》ぐに先生の目を見る。

女とできるセックスが、私とはできないから。

「ああ……」

それがわかった時、悔しくて、死にたくなった。

「そうか、その時もそう思ったんですね」

ものすごく。

「でも、死ななかった」

まあね。

「どうして？」

マモルがいたから。

「マモルって？」

学年でいちばん人気のあった男の子。彼と付き合い始めたから。死にたい気持ちも忘れられた。

「そのマモルくんのこと、よほど好きだったんですね」

茉莉は大きく頷《うなず》く。

マモルはすごく優しくしてくれた。誘ったのは私だけれど、マモルと付き合ってることで孤立する自分を受け入れられた。だから、どうしてもマモルを他の女に盗《と》られたくなかった。おとうさんの時みたいに。

「それで？」

セックスした。マモルは初めてで、私もそうだったからすごく痛かったけど、これで私から絶対に離れて行かないと思った。その通り、マモルはもう私に夢中って感じになった。一緒に帰って、雨の日と生理の時以外は、ほとんど毎日私の部屋でセックスした。雨の日以外はおじいちゃんもおばあちゃんも畑に出ていて、誰の目も気にする必要がなかったから。

「そうですか。それからどうなりました？」

しばらくしたら、あっちのおかあさんが怒鳴り込んで来た。うちの息子と付き合わないでくれって。勉強に身が入らないって。変なこと覚えさせないでくれって。

「中学三年なら受験もあったんでしょうね」

びっくりしたのは、マモルがおかあさんの言う通りにしたこと。それから学校で、話さないどころか目すら合わせなくなった。下校の時、校門の前で待っていたら、私の姿を見て、一目散に駆け出した。あんなにセックスさせてやったのに、マモルは私じゃなく母親を選んだ。おかあさんとはセックスできないのにどうしてって、訳がわからなくて死にたくなった。

「そうか、その時も死にたくなったんですね」

たまらなく。

「でも、死ななかった」

おじいちゃんとおばあちゃんを悲しませたくなかったから。ふたりとも、私には優しかった。あいつの母親が怒鳴り込んで来た時も、私を庇《かば》ってくれた。

「で、中学を卒業してからはどうしたんですか？」

行く気はなかったけど、勧められて何となく女子高に進学した。私立のいちばん偏差値の低い高校だったけど。

「高校は楽しかったですか？」

退屈で死にそうだった。でも、アキトと出会ってから、まったく違った毎日になった。

「アキトって？」

地元の暴走族の頭《あたま》。私よりふたつ年上だったけど、町でナンパされて、すぐに付き合い始めた。最初の頃は、オートバイに乗せてもらったり、一緒にカラオケに行ったり、すごく楽しかった。

「最初の頃だけ？」

アキトはモテたから、他にも彼女がたくさんいた。私はしたいと言われればいつでもセックスさせてあげたけど、そんなことをする女なんて周りにいっぱいいたから、アキトを独占することはできなかった。

「それでどうしたのですか？」

セックス以外で、どうしたらアキトを自分のものにしておけるか、必死で考えた。

「何だかわかりましたか？」

アキトには好きな女がいた。その子のことは特別だった。だってセックスもしてない相手なんだから。それどころか、ほとんど話したこともないようだった。ミッション系のお嬢さま校に通ってる、すごい可愛い子。アイドルみたいに目がぱっちりしていて、睫毛《まつげ》がものすごく長い。アキトの憧れの女。

「そうですか。それで？」

セックスだけじゃ駄目なんだって、私、やっとわかった。女はやっぱりきれいじゃなきゃ本気で好きになってもらえないんだって。きれいな子が隣にいるだけで、男って幸せな気持ちになるじゃない。みんなに「俺の彼女」って見せびらかしたいじゃない。だから私、高二の夏休み、アキトに内緒でお小遣いをはたいて美容整形をした。

「あ……そうなんですね」

目と鼻。

「それで、そのアキトくん、そんなあなたを見てどんな反応を見せましたか？」

手術の腫れがなかなか引かなくて、ずっと家に引きこもってて、夏休みの終わり頃、やっとアパートに会いに行ったら。

「そしたら？」

アキト、族を抜けてた。

「へえ」

アキトったら、きれいになった私を見ても表情ひとつ変えなかった。「馬鹿なことするよなあ」って呆《あき》れたように言っただけ。それより「俺はこれから勉強し直して、大検を目指すことにした」って。それでいつか彼女にふさわしい男になって交際を申し込むんだって。馬鹿はどっちよ。どんなに頑張ったって、アキトなんか相手にされるわけないじゃん。私は必死で説得した。何日も何日もアキトのアパートに通った。でもぜんぜん聞いてくれなかった。それどころか、うんざりした顔で「もう二度と俺の前に現れるな」って追い出された。好きだったのに、ほんとにほんとに大好きだったのに。

「それは辛《つら》かったですね」

あの時、死んでおけばよかった……。

「でも、やっぱり死にませんでしたね」

そんなことない。今度こそ、本気で死ぬつもりだった。美容整形のこと、学校でも近所でもいろいろ言われて、何だかもう何もかも面倒臭くなってた。どこか死ぬのにいい場所ないかって考えていたんだけど、その前に、昔よく遊んだ渋谷に行ってみたくなった。それで、家出した。

「家出ですか」

うん。

「渋谷は楽しかったですか？」

ううん、大したことなかった。

「寂しかったですか？」

そりゃあ。

「でしょうね」

でも、ケンジと会ったから。

「ケンジ？」

渋谷の駅前でキャッチセールスをしてた男。アンケートをお願いしますって声を掛けられて、五分ほど立ち話をしたんだけれど、何度も「きれいだ」って言ってくれた。もっときれいになるための美顔器があるんだけどどうかって。

「買ったんですか？」

まさか。家出してお金がなかったから、正直にそう言った。そしたら、ケンジ、驚いたような顔をしていたけど、お茶でも飲もうってことになって、スタバでコーヒー飲んで、それで、俺のアパートに来ればって言ってくれた。

「出会ったばかりなのに？」

私もびっくりだった。

「それでケンジくんのアパートに行ったんですか？」

優しそうだったし、他に行くところもなかったし。

「そうですか」

成り行きみたいだけど、それから一緒に暮らし始めた。ただ、ケンジはあまりお金がなかったから、私もすぐにバイトに出ることにした。まだ十七歳だったけど一歳サバをよんでキャバクラに潜り込んだ。結構、いいお金が貰《もら》えたから、ケンジに洋服を買ってあげたり、焼肉なんかもよくふたりで食べに行った。毎日がすごく楽しかった。その時、初めてわかった。セックスときれいだけじゃ駄目だ、やっぱりお金が必要だって。

「それからどうしたんですか？」

頑張ってものすごく働いた。半年ぐらいはとっても幸せだった。それがある日、アパートにいたら女がやって来た。私からすればすごいオバサンで、そのオバサンが目を吊《つ》り上げて「すぐにケンジと別れろ」って言った。急に現れて、そんなこと言われて、すごく頭に来たから「オバサンこそ帰れ」って怒鳴ってやった。そしたら「じゃあ、三百万用意しろ」って。ケンジ、そのオバサンから借金してたみたい。オバサンの、何て言うの？　若いツバメって奴？　それだったみたい。私のこと黙ってたらしくて、それがバレて、オバサンに「その女と別れられないならすぐ金を返せ」って脅されたんだ。私は、もうケンジがいなくちゃ生きて行けないくらい好きだったから、絶対に別れないって言った。そしたら、あんなに優しかったケンジが突然キレて「ここはおまえの部屋じゃない」って、めちゃくちゃ殴られた。

「何でまた……」

私だってわからない。ケンジも私のこと好きだと信じてたから、すごいショックだった……。

「そうか、それはひどいですね」

それで仕方なく、ケンジのアパートを出て、ひとり暮らしを始めた。キャバクラの仕事があるから生活はできたけど、ケンジがいない毎日が寂しくて、いつも泣いてばかりだった。

「その時も死にたいと思った？」

今度こそ本当に死のうと思った。睡眠薬がいいか、ガス自殺にしようかって、いっぱい考えた。ホームセンターに行ってロープも買った。でも、部屋に引っ掛けるところがなかったから。

「その時も死ななかった」

ひとり、キャバクラ仲間にいい子がいたんだ。初めてできた女の友達。その子がすごく心配してくれて、気分転換しようって、私を遊びに連れて行ってくれたから。

「どこに？」

ホストクラブ。

「ああ」

で、ヒロと出会った。

「ヒロっていうのは、もしかしてホストですか？」

そう。ヒロはホストとは思えないほどいい人で、行くといつも私を笑わせてくれた。笑うってすごい。そのたび、どんどん元気が蘇って来るんだから。明日も頑張って働いて、ここに来ようって気になった。ヒロと出会わなかったら、私、絶対に死んでたと思う。

「で、その彼とはうまくいったのですか？」

ヒロと会うにはお金がかかる。ヒロを指名する客に負けたくないから、頑張ってヘネシーだとかドンペリとか入れる。だって、そうするとヒロは私とお店の外で会ってくれるから。もちろんホテルにも行った。ヒロの部屋に入れてもらったことはないけど、ヒロは「同僚のホストと一緒に住んでるから」って謝ってた。それに「ほんとは茉莉ちゃんと付き合いたいけど、売上げのノルマを達成しないとそれはできないんだ。店のルールだから」って。だから、ますます頑張って毎晩のように通った。そうなると、キャバクラの稼ぎだけじゃ足りなくなって、ヒロにもっと稼げる仕事はないかって相談したら「いい店がある」って紹介してくれた。

「どんな店？」

ん……ソープってやつ。

「そうですか」

最初は、私もえーって思った。知らない男とそんなことできないって。でもヒロが「ちょっと我慢すればすぐに馴《な》れる」って言ったし、そこで頑張って働けばヒロの売上げを伸ばしてあげられる、ノルマがちゃんと達成できればきちんと恋人同士になれる、そう思って頑張った。それに、どんなに嫌な客の相手をしても、ヒロの店に行けばいつも笑わせてくれた。それでいっぺんに疲れも吹っ飛んだ。だからヒロのために一生懸命働いた。

「なるほど」

それなのに……。

「どうしたんですか？」

ある日、店に行ったら、ヒロはいなかった。

「どうして」

辞めてた。

「へえ」

それで店の人からヒロのマンションの在り処《あか》を聞き出して行ってみた。チャイムを鳴らしたらヒロが出てきて「今まで貯めたお金を元手に、ニューヨークで和食レストランを出す」って言った。私も行くって言ったら「もう一緒に行く子は決まってる」って。

「それは誰？」

故郷の幼馴染《おさなな　じ》みと、ヒロ、ずっと同棲してたんだ。その子と結婚して、一緒にレストランをやるんだって。ヒロにそんな彼女がいたなんて、ぜんぜん知らなかった。ひと言も言ってくれなかった。

「そうか」

私、もうぜんぜんわからなくなった。セックスでもない、きれいでもない、お金でもない、じゃあいったい何があればいいの？　好きな人に好きになってもらうために、私はどうしたらいいの？

「そうですね、難しいですね」

もう、本当になにもかも嫌になったから……。

「だから、死のうと思ったんですね」

茉莉は頷く。

「いったい何が必要なんでしょうね」

茉莉は思わず先生に顔を向けた。

私にばかり聞かないで、たまには先生も答えてよ。

「ん……困りましたね」

何なの？　何でも言って。

「やっぱりですね、こころ、じゃないですかね」

こころ？

「ええ、そう思いますよ。恋はこころでするものでしょう。セックスでも美しさでもお金でもない。でもあなたはどうやら、いちばん大事なこころが壊れてしまっているようですね」

こころが壊れてる……。

「ですから、それをここで治しましょう。こころが健康になれば、今度こそいい恋愛ができると思いますよ」

ほんとに？

「きっと。だからそのために、これからふたりで一緒に努力しましょう」

その言葉は、茉莉をどれほど安心させてくれただろう。

茉莉は導かれるように大きく頷いた。

「はい、私、努力します」

「そう、その気持ちがいちばん大切なんですよ」

それから先生はちらりと腕時計に目をやった。

「では、今日はここまでにして、続きは来週にしましょうか」

茉莉はとても残念に思う。明日にでも会いたいという気持ちが、もう溢《あふ》れそうになっている。

「受付で、次回の予約を入れておいてください」

そう言って、先生はカルテに何やら書き込み始め、茉莉は仕方なくソファから立ち上がった。

支払いは三万円だったが、ヒロにつぎ込んだお金に較べたら一杯のコーヒー代ぐらいにしか思えなかった。来週の予約を入れて、廊下に出た。その時には、死にたいなんてどうして思っていたのだろう、と不思議に思うくらい気持ちが晴れ晴れとしていた。

早く会いたい、先生。

茉莉はガラス戸のカウンセリングの文字を見つめながら呟《つぶや》く。

先生は絶対に私を見捨てない。セックスでもない、きれいでもない、そしてお金でもない、こころなんだもの。私と先生はこころで繋がったんだもの。

先生が言った通り、自分はずっとこころが壊れていたのだと、今になってよくわかる。

だからあの時、おとうさんの家のガラスというガラスを全部割ってしまうなんてことをしてしまったのだ。マモルの家の牛乳に漂白剤を混ぜてしまったのも、アキトのオートバイのブレーキに細工したのも、ケンジのアパートに火をつけたのも、ヒロをナイフで刺したのも、みんなみんな、こころが壊れていたからなのだ。

でも、もう先生がいる。先生が、私のこころを治してくれる。

弾むような気持ちでビルを出ると、春の夕暮れが気持ちよく、茉莉は少し歩きたい気分になって地下鉄の前を素通りした。

4 可世子

……スウィートホーム

「だから、そうじゃないんです」

この否定の言葉を、いったい何度口にすればいいのだろう。私が言っていることを、この人はどうして信用しようとしないのだろう。

向かいに座る、見ようによっては人の好さそうな印象を与える初老の男が、可世子《かよこ》に同情のこもった目を向ける。

「無理もないよ。あんたは洗脳されてて、何が何だかわかんなくなってんだ。マインドコントロールって聞いたことあるだろ。今はそれが解けてないだけで、時間をかければいずれわかる。あんたはあの男の口車に乗せられて、連れ去られて、閉じ込められて、酷《ひど》い目にあったんだ」

男は刑事である。

「いいえ、私は連れ去られたわけでも、閉じ込められたわけでもありません。自分の意思で今の生活を選んだんです。会社にだってちゃんと通っています」

「心のことを言ってるんだよ。たとえ会社に行っていても、心が監禁されてるから、自分の頭で考えることができなくなっているんだ。その根本的なことがあんたはわかってない。あの家での暮らしを、あんたは普通だと思っているようだが、何よりそう思うことが変だろう。あれのどこが普通なんだ、まともじゃない」

「人がどう言おうと、私たちがそれでいいんですから放っておいてください。私たちはみんな、好きであの家にいるんです。あの家は私たちの家なんです」

「ほらね、あの男はあんたをそこまで変えちまった。それこそが、あの男が悪党だって証拠だよ」

　同じ日本語で話しているのに、こうまで言葉が通じないものなのか。それとも、わざとはぐらかしているのか。

「あんた、あの男に脅されていたんだね」

「いいえ」

「言うことを聞かなければ、家族に危害を加えるとか、祟《たた》りがあるとか、そういうこと言われたんだろ」

「いいえ」

「じゃあ、変な呪文を唱えられたり、催眠術をかけられたりしたんだな」

「いいえ」

「自分は神の生まれ変わりで、エネルギーを注入してやるとか何とか言われたんじゃないの」

「そんなこと一度も言われたことはありません」

「もう、あんな男を庇《かば》う必要はないんだよ。あんたは助けられたんだから、あの男とは縁が切れたんだから」

この部屋は何と呼ぶのだろう。机や椅子はスチール製で装飾品はいっさいない。ちょっと殺風景な応接室みたいな印象だ。取調室かと思うが、テレビで見るような窓に鉄格子が嵌《は》められていることもない。

「まあ、今はまだ仕方ないだろうな。しかしいいかい、あんたがどう言おうと、あの男は女をさらって監禁する卑劣な犯罪者だ。あんな男を警察は決して許さない。刑務所にぶち込んでやる」

堂々巡りの会話に疲れ果て、可世子はもうため息さえもつけなくなる。

窓の向こうには薄ぼんやりした春の空が広がっている。烏《からす》か鳶《とんび》か、時折、黒い影が横切ってゆく。時計はないがもう午後三時は回っているだろう。

みんなはどうしているのか。どこかの部屋で、こうして私と同じような目にあっているのか。

そして、ふーさんは——。

今朝のことである。

七時少し前、そろそろみんなで朝食を食べようとしていた頃、男たちが数人、家の中に入って来た。男たちは「逮捕状が出ている」と言って紙切れを突き出し、あっと言う間にふーさんの両脇を抱え込んだ。何が起こったのかさっぱりわからず、みんな食堂で呆然《ぼうぜん》と立ち尽くしていると、ふーさんは「心配ないよ。きっと何かの誤解だよ。とにかく、今はこの人たちの言う通りにしなさい」と、いつもの穏やかな声で言った。ふーさんが連れていかれると、男たちは残った全員に車に乗るよう指示した。腑《ふ》に落ちないま ま、とにかくふーさんの言葉通りに、それぞれ着替えてバッグを手にして家の前に出た。びっくりしたのは、好奇に満ちた目でカメラやマイクを向ける人間の姿があったことだ。近所の人も遠巻きに見物していた。

ふーさんと自分たちを連れ出した男たちが警察だとわかったのは、車に乗ってからだった。

「もう、大丈夫だから」と、刑事は言った。

「何のことですか」と尋ねたら「これで家に帰れるからね」との答えだった。「大変だったね」とも「酷い目にあったね」とも「これでもう安心だから」とも言われた。どういうわけか被害者扱いだった。朝の七時に、それも朝食も食べてないのに車に乗せられ、知らない場所に連れていかれるのは確かに被害者だが、加害者はあんたたちじゃない、と言いたかった。

到着したのは警察署で、いったん大きな部屋に通されたが、すぐにひとりずつ呼び出され、別の部屋へ連れていかれた。そして、それからずっと可世子は初老の刑事と同じ話を繰り返している。

「とにかく怪我《けが》もなくてよかった。これでまともな暮らしに戻れるよ。まあ、しばらくはいろいろ言われるかもしれないが、そのうち忘れるさ。世間なんてそんなもんだ。まだ二十八なんだから、これから嫁にだっていける」

ふーさんが拉致《らち》監禁の罪で逮捕されたと聞かされた時、可世子は被害届を出したという女のことをすぐに思い出した。

二ヶ月ほど前になるだろうか。ふーさんが若い女を連れて来た。正確に言えば、女が勝手について来た、だ。でも、その時はよくわからなかった。ふーさんは道でたまたま声を掛けられ、お腹がすいたとラーメンを奢《おご》らされ、それから「行くところがないから泊めて」と言われた。断ると「だったら公園で寝る」と自棄《やけ》になるので、どうしようもなくなって「家においで」と言ってしまったらしい。偽の毛皮のコートを着て、安物くさいバッグを手にし、厚底のブーツを履いていた。私たちはとりあえず彼女を歓待した。

ふーさんが連れて来たのだから、間違いないと思っていた。何が間違いないのか、説明は難しいけれど、ふーさんが連れて来るのは、この家に違和感なく溶け込む女と決まっていた。しかし、その女は一週間ほどいて「やっぱり家に帰る」と出て行った。正直言ってあの時はみんなホッとした。お金も寝るところもないと言って転がり込んで来ておきながら、お小遣いが欲しいとか、寝る場所が狭いとか、掃除や炊事はしたくないとか散々自分勝手なことを言い募った。その上、出て行く時には「電車賃に一万円ちょうだい」と、ちゃっかりせしめていった。自分の家に帰って、彼女は家出していた一週間を何と説明したのだろう。聞いた親は仰天し、警察に訴えた。そんなふうには見えなかったが、女はまだ高校生だった。そして、ふーさんは連行された。

しばらくしてドアがノックされ、若い刑事が顔を覗《のぞ》かせた。

「ご両親が到着されました」

その時だけはさすがにどきりとした。まさか故郷から両親が来るとは思っていなかった。

「入っていただきなさい」

初老の刑事はやけに張り切った声で告げた。すぐに両親が姿を現し、父は強張《こわば》った顔つきで可世子を睨《にら》み、母は泣きながら駆け寄ってきた。

「ああ、無事でよかった。警察から電話を貰《もら》った時は生きた心地がせんかった。あんたが、変な男にかどわかされているなんて、まさかそんなことになってるなんて。でも、顔を見てホッとした。ほんとによかった、よかった……」

父が刑事に頭を下げる。

「ご迷惑をお掛けしました」

刑事は妙に晴れ晴れとした顔をしている。

「いやいや、大変だったのは娘さんですよ。あんな目にあわされてショックも大きいと思います。どうぞ娘さんとゆっくり話し合ってください。今、いちばん必要なのはご両親ですからね」

父は大きく頷《うなず》く。

「すぐにでも連れて帰ろうと思いますが、よろしいですか」

「帰るって、どこに？」

しかし、その可世子の質問は、父と刑事の会話にかき消された。

「いいですよ。居所さえしっかり報告しておいていただけたら、何の問題もありません。娘さんが何かしたわけじゃないですから。娘さんはあくまで被害者なんですから。じゃ、後ほどその手続きをしてください」

三人を残して出て行こうとする刑事に、可世子は思わず尋ねた。

「みんなはどうしてるんですか？　まだここにいるんですか。ふーさんと会えますか？」

刑事はひとつゆっくりと瞬《まばた》きし、困惑したような口調で呟《つぶや》いた。

「今は自分のことだけ考えなさい」


どこから話せばいいだろう。

やはりふーさんとの出会いから始めるのがいちばんわかりやすいと思う。

ふーさんとは商店街の端っこにある蕎麦屋《そばや》さんで出会った。

私はショッピングセンターの仕入れ担当をしていて、お休みが土日に取れることはめったにない。その週も休みは水曜日で、午前中は目一杯だらだら過ごし、午後二時過ぎという中途半端な時間に、買い物がてらお昼を食べようと商店街に向かった。本当は中華屋に入ってあんかけ焼きそばを食べるつもりだったのだけど、店の前に行くともうランチの時間は終わっていて「休憩中」のプレートが出ていた。だから仕方なく、その隣の蕎麦屋に入ったのだ。初めて入る店だった。

小さな背もたれの座り心地の悪い椅子に腰を下ろし、海老《えび》天丼を頼んで、ぼんやりテレビを見ていた。大リーグが映っていた。こんな時間帯のせいか、客は私ひとりだった。

もしあの時、他に客がいたら、私はふーさんと言葉を交わすことはなかっただろう。

けれども、こうも思うのだ。たとえその日、ふーさんと出会えなかったとしても、いつかどこかで必ず私たちは出会っていた。運命なんて言葉を使うと却《かえ》って胡散臭《うさんくさ》くなるけれど、こうなることはずっと前から決められていたような気がする。

引き戸が開いて、ふーさんが入って来た。

中年を過ぎた、髪の毛が薄く、小太りで、背も低めの、お世辞にも人目を惹《ひ》くとは言えない風貌だった。隣のテーブル席に着いたふーさんは燗酒《かんざけ》と板わさを頼んだ。聞く気はなかったが、客がいないのでつい耳に入って来た。ふーさんは、何も私の隣の席をわざと選んだのではないと思う。私と同じように、テレビが見やすい席に座っただけだ。

「日本のプロ野球もつまんなくなっちゃったねえ」と、ふーさんが言った。私しかいないので、仕方なく顔を向けて「そうですね」と答えた。

「あなた、野球が好きなんだ」

「いいえ」

「あはは、僕も」

笑うと、ふーさんの目は上まぶたと下まぶたに挟まれて見えなくなった。

直感と呼ぶのは違う気がする。懐かしいって言葉もうまく当てはまらない。ただ、その糸のようになった目が、私にはとても心地よく感じられた。ホッとするような、思わず笑ってしまうような、和やかな気持ちが広がった。人並みに持ち合わせている初対面の男に対する警戒心というものが、不思議なくらい頭をもたげてこなかった。

先にふーさんの燗酒が出て来た。ふーさんはそれをお猪口《ちょこ》につぎ、大事そうに口に含んだ。それから不意に言った。

「一杯、どうですか」

「いえ、結構です」

私は目をしばたたかせながら遠慮した。

「実はお酒を止められてて半合しか飲めないんです。もったいないからどうかなって思ったんだけど、残り物のお酒なんて嫌ですよね」

「そうじゃなくて」と言ってから、すぐに「じゃ、いただきます」と答えていた。ふーさんのがっかりした顔が子供みたいに見えて、何だか大人気なく苛《いじ》めているような気持ちになったからだ。昼間の燗酒はぬるくて甘く、喉を下りていく時、少しだけ悪いことをしているような気になった。三杯、飲んだような気がする。どうということのない、話した端から消えてゆくような話を、ふーさんは板わさのかまぼこを食べながら、私は海老天丼を食べながら、交わした。

恋人に捨てられたとか、会社での人間関係がうまくいってないとか、自棄になっていたとか、厭世《えんせい》感に包まれていたとか、そんなことはまったくない。私は普通に暮らしていた。会社にもまじめに通っていたし、時には同僚と食事に出掛け、週に一度は習い事にも通っていた。恋はご無沙汰だったが、結婚に焦っていたわけでもない。でも、今になってわかる。私はずっと探し物をしていた。普段は忘れているのだけれど、何かの拍子、たとえば地下鉄のホームに立っている時、仕事の手が空《す》いてひと息入れた時、エレベーターの箱でひとりきりになった時、不意に思い出す。ああ、私は探し物をしているはずだ、と。ただ、何を探しているのか、それがわからずにいた。

翌週の休み、同じ時間に私はまた蕎麦屋に行った。ふーさんはいて、板わさで燗酒を飲んでいた。その姿が一週間前とあまりに同じだったので、あれからずっとその席に座っていたのではないかと思えるくらいだった。

「こんにちは」と、声を掛けると、ふーさんは目を糸にして「やあやあ、また会いましたね」と笑った。少し迷ったのだけど、隣のテーブル席ではなく、向かいの椅子に座った。それが自然に思えた。ふーさんは店の人にお猪口をもうひとつ頼み、ふたりで一合を飲んだ。それからざる蕎麦を食べて、蕎麦湯で薄めたつゆをすすった。その時はふーさんが奢《おご》ってくれたので「今度は私がご馳走《ちそう》します」と言って、翌週、また会った。

名前は藤川《ふじかわ》といい、みんなに「ふーさん」と呼ばれていると聞いたのはその時だ。藤川さんよりもその方がずっと似合っていて、私もそれからふーさんと呼ぶようになった。ふーさんは五十三歳で、糖尿病と腰痛持ちで、とりあえず独身だけれど、一軒家に家族みんなで暮らしている、とのことだった。

それから、休みのたびに会うようになった。ふたりで一合を飲み、蕎麦か丼を食べ、その後に一緒に散歩をする。

最初に話し掛けて来たのはふーさんだったけれど、今は私がひとりで、どうでもいいことを喋《しゃべ》り続けている。ふーさんのすごいところは絶妙な合いの手で「へえ」とか「ふんふん」とか「面白いねえ、可世ちゃんって」とか、笑ったり驚いたりする。それが少しもわざとらしくなくて、何だか自分が会話の名手になったように思えてくる。

とにかく、ふーさんといると楽ちんだった。その楽ちんさは、親しい友人や親兄弟に感じるものとはぜんぜん違う。百回ぐらいセックスした相手と、ジャージ姿でアパートでごろごろしているのとも違う。人間と言うより、人間以外の生き物、強いて言えばぼけた老犬と一緒にいるような感覚だ。大抵の人が愛犬に向かって安心して何でも話すように、私もふーさんに向かって何でも話す。職場に不倫カップルがいてバレてないと思っているのは本人たちだけ、とか、中学生の時よく万引きをした、とか、先月の生理は重くて辛《つら》かった、とか。どんな話をしてもふーさんの合いの手は完璧だった。

三ヶ月ぐらいたった頃、散歩の途中、雨が降って来た。ふーさんは「コンビニで傘を買おう」と言ったのだけど、私はちょうど看板が見えたこともあって「あそこに行こう」とラブホテルに誘った。さすがにふーさんは細い目を見開いて「いけないよ、そんなことを言っちゃ」とたしなめた。

「いいじゃない、何もしないから」

「あのね、そういうことは女の子が言うもんじゃないの」

ふーさんが慌てているので、私はすっかり楽しくなった。

「行こうよ、ね、行こう」

私は強引にふーさんの腕を摑《つか》んで、ホテルの玄関を潜り抜けた。

ふーさんとセックスしたかったのか、と言われたら、違うとは言わないけれど、それはいちばんではない。私はふーさんとじゃれあいたかった。公園で犬とじゃれあう飼い主のように。でも、ふーさんは人間だから、公園でそれをすることはできない。

ベッドを前にしてふーさんは困ったように何度も目をしばたたいた。

「あのね、恥ずかしい話なんだけど、僕はもうできないの」

「え？」

「だからね、勃《た》たないの。何年も前からなんだ。ごめんね。先に言えばよかったね」

「ぜんぜん、構わない」

私は首を振る。本当に、そんなことはぜんぜん構わない、と心底思っている自分に、自分でびっくりした。

ふーさんは、でも、セックス以上のものを持っていた。私はふーさんと犬のようにじゃれると、ふーさんは犬がそうするように、私の顔といい身体《からだ》といいすべてを舐《な》めた。くすぐったくて、最初はきゃあきゃあ言っていたのだけれど、いつかたまらなく気持ちよくなっていた。くんくんと鼻を近づけ、匂いのするところは特に念入りに舐め上げた。気持ちよくて、幸せだった。それ以外は何もなかった。気持ちいいと幸せが一致するなんて、ありそうでそうはない。その間には意地や面子《メンツ》や計算が邪魔していることがほとんどだ。私はもうからっぽで、ふにゃふにゃだった。私はふーさんと出会ったことの幸運に感謝した。

ホテルを出たら雨はやんでいた。

「よかったら、僕の家に遊びに来ない？」

ふーさんが唐突に言った。

「これから？」

「うん、夕ご飯の用意がそろそろできている頃だから、食べていけばいい」

「私が行っていいの？」

「いいさ、きっとみんなも大歓迎するよ」

困惑と好奇心が混ざった心持ちで私は頷いた。シャワーは浴びたし、お化粧直しもした。ベッドの余韻はないはずだと自分に確認しながら、ふーさんの後をついて行った。

歩いて二十分くらいで家に着いた。住宅街の奥まった場所に建っている二階建て一軒家だ。家はもう古くて、モルタルの壁も汚れていたが、思いがけず庭が広く、居間から洩《も》れた灯りに植えられた花や木がぼんやりと照らし出されていた。

玄関戸を開け「ただいまぁ」とふーさんが声を掛けると「おかえりなさーい」と三人くらいの声が重なって返って来た。どれも女の声で、若々しかった。玄関には靴が数足出ていたが、これもみんな女物だった。廊下が真っ直《ま》《す》ぐに続き、いちばん奥からひょっこり顔を出し「あら、お客様？」と出て来たのも女だった。私と大して年は変わらないようだった。

「こんばんは。急にお邪魔してすみません」

私は何だか困ってしまい、かしこまって頭を下げた。

「いいのよー、気にしないでどうぞ上がってー」

語尾を延ばす癖があるらしい彼女は引っ込んで「ふーさんがお客様を連れて来たわよー」と奥に向かって声を掛けた。不意に廊下に顔が覗いた。五人ぐらいいるようだった。すべて女だった。

「どうぞ」

ふーさんに促されて靴を脱ぐ。食堂というのか居間というのか、そこに行くと真ん中に楕円形の大きいテーブルが置いてあり、囲むように色とりどりの座布団が並んでいた。

「今日はねー、酢豚とサラダと野菜の煮付けよー」

と、さっきの女が言った。女たちは台所から大皿に盛った料理や、茶碗《ちゃわん》や湯のみや箸を運んで来た。

「ここに座って」

私のために座布団が用意される。

「あ、すみません」

「今、お味噌汁《みそしる》ができるから、もうちょっと待っててね」

台所から掛けられた声に顔を向けると、中年の、ふーさんより年上と思われる女が料理を作っていた。白髪があって、化粧気はない。でも肌の艶はとてもいい。

「すみません、突然」

私は慌てて頭を下げた。

「いいのよ、ふーさんが連れてくるお客様は大歓迎」

「ね、言った通りでしょ」

言いながらも、当のふーさんは「ほらほら、ふーさん、そこ邪魔なの」とか「ふーさん、まさかお酒飲んでないでしょうね」とか「何度も言ってるでしょ、ふーさん、靴下は裏返しにして洗濯機に入れちゃ駄目よ」なんて言われている。何を言われても、ふーさんはにこにこ笑って「はいはい」と答えている。女たちはまるで歌うようにお喋りを続けている。

私はすっかり面食らっていた。いったいこれは何なのだ。家族と聞いていたけれど、とても血の繋《つな》がりがあるようには見えない。どういう関係になるのだ。

夕食は賑《にぎ》やかだった。何せ私を含めて女が九人。男はふーさんひとりだ。食卓はお喋りと屈託ない笑いに満ち、ここでもふーさんはにこにこしながら聞き役に回っていた。

「ふーさんとどこで知り合ったの？」

料理を作っていた人が尋ねた。彼女はいちばん年上で、みんなにママと呼ばれていた。

「商店街の蕎麦屋です」

「ああ、あのお蕎麦屋さんね。板わさがおいしいのよね」

「丼ものもおいしいです」

「ふーさんのこと、変なおじさんと思わなかった？」

「最初は」

ぎこちなく私は頷く。みんなくすくす笑っている。

「そうよね、冴《さ》えないおじさんだもんね」

ふーさんは嫌な顔ひとつせず、それどころか嬉《うれ》しそうに酢豚を口に運んでいる。

でも、と、私は続けた。「何かホッとしたんです。うまく言えないけど、あ、この人だって。何がこの人って言われたら、説明できないんですけど」

ママは頷いた。

「私たちも同じよ。いろんな言い方があるけど、ふーさんといるととにかく楽しいの。何かね、笑いたくなっちゃうの。でね、面白いのはふーさんと相性が合う人は、その人同士も合うってこと。だから、私たちもいつの間にかこうして一緒に暮らすようになったのよ」

「みなさん、赤の他人なんですか」

「そうよ」

八人の女たちは、上は五十代から下は二十代前半。顔だって、体格だって、ぜんぜん違う。この人たちは、ふーさんという男を介して繋がっているらしい。どうして？などという疑問は浮かばなかった。私にもわかるような気がした。やっぱりふーさんは犬なのだ。ここに住む女たちのかけがえのない老犬なのだ。

初めての訪問というのに、その夜、私は泊まることになった。「私の新しいパンツがあるから大丈夫」「クレンジングも使って」「お風呂、いつでも入れるから」「寝るのは私の隣でいいでしょ」。修学旅行みたいだった。女たちは食事の後片付けを分担して行い、布団を敷き、その間も、家の中はお喋りと笑いに満ちていた。

二階に六畳間と四畳半、下に八畳間と六畳間、十畳ほどの板張りの食堂兼居間があり、台所、トイレ、お風呂だ。驚いたのはふーさんの部屋が庭に建つプレハブだったことだ。高校生が勉強部屋に使うような部屋だ。まだ同居人が少ない頃は、二階の四畳半で寝ていたという。「だって、ふーさんのいびきがうるさいんだもの」と三十代のロングヘアの女性が言い、みんなも「そうそう」と同意する。でも、理由はそれだけではないということは、その夜にわかった。

十一時過ぎ、寝る前になって、私と同い年くらいのショートカットの女が「今夜、ふーさんのところに行っていいかなー」と言った。「今日ねー、職場でちょっと上司とモメちゃったんだよねー」「いいよ、行っておいでよ」と、皆が口を揃《そろ》えて答えた。「うん、じゃあそうするー」と女性は枕を手にして、いそいそとふーさんのプレハブに向かって行った。そこで行われることはみんな知っているはずである。私だって知っている。ふーさんとじゃれあって、全身をくまなく舐めてもらって、そしてふにゃふにゃになる。

驚いたのは、誰も嫉妬していないことだった。もっと驚いたのは、私も同じだったということだ。むしろ「そうしてもらってくればいい」と、気前のいい自分でいるのが気持ちよかった。その夜は、信じられないほどぐっすり眠った。

それから休みのたび、私はふーさんの家を訪ねるようになった。ふーさんと会えるのも嬉しいが、何よりも彼女たちと一緒にいるのが心地よかった。自分のアパートにいるより寛《くつろ》げた。アパートだと、夕ご飯を作るのもつい面倒になって、外食やインスタントになってしまうが、この家では料理をすること自体が楽しかった。それどころか、私は掃除や洗濯、雑用でも何でも引き受けた。

「お客様なんだから、そんなことまでしなくていいのよ」と言われた時、反射的に答えていた。

「だったら、私もここに住んじゃいけませんか？」

ママは二、三度瞬きし、当然のように言った。

「いいに決まってるじゃない」

反対する者はひとりもいなかった。むしろ「いつ言い出すか待ってたのよ」と言われる始末だった。

翌週にはアパートを引き払い、私はここに引っ越して来た。


あれから一年半がたつ。

家賃と食費と水道光熱費を合わせて、私は毎月十万円をママに渡している。外食もしなくなったし、洋服も貸し借りが当たり前なので無駄遣いはしなくなり、ひとり暮らしの時よりもお金はかからなくなった。

ママは五十四歳で、この家を取り仕切っている。家はママのもので、ふーさんは亡くなったご主人の友達だったそうだ。子供のいないママがひとりで途方に暮れていた時、いろいろと力になってくれたのがふーさんで、気がついたら家に居ついていたという。

四十九歳のフミエさんは、駅前で美容院を開いている。ママを介してふーさんと出会い、離婚がきっかけで、この家で一緒に暮らすようになった。四十一歳の元子《もとこ》さんと三十七歳の良子《よしこ》さんはOL、三十三歳の君絵《きみえ》さんは塾の先生をしている。三十歳の久美《くみ》さんはレストランに勤め、私と同じ年の裕美《ひろみ》さんは看護師だ。一番年下の茜《あかね》ちゃんは二十三歳で、コンビニにアルバイトに行っている。

休みをうまく合わせて、私たちはよく一緒に出掛けた。去年の春には温泉に行き、ふーさんも含めてみんなで大きなお風呂に入った。いちばん照れていたのは、もちろんふーさんだ。夏は庭で花火大会をしたし、おまつりには浴衣《ゆかた》を着て夜店を冷やかした。秋にはレンタカーで紅葉狩《もみじが》りにも出かけた。バーベキューもした。

と、こんなふうにいつもは和気藹々《わきあいあい》と暮らしているけれど、時にはちょっとした行き違いから喧嘩《けんか》になることもある。そんな時はふーさんが出て来て、当事者の頭を撫《な》でると、「仲良くしようね」と、幼稚園の先生みたいなセリフをのんびりした口調で言う。そうすると、何だかカッカしているのが馬鹿らしくなって、いつの間にか笑ってしまう。煙に巻かれたような気がするけれど、内心では煙に巻かれたくてそうしているところもある。

ふーさんのプレハブ部屋には、週に二、三度、誰かが訪ねてゆく。一度、私が「グルーミングしてもらってくるね」と言ったら、ものすごく受けて、それから「グルーミング」が合言葉になった。

ふーさんは働いてない。糖尿と腰痛があって、毎日、庭の手入れをしたり、本を読んだり、散歩に出掛けたりしている。いちばんの仕事はこの家にいることで、それが何より大切だから、誰も働いていないことをとやかく言ったりはしない。ふーさんが、とぼけた笑顔でいてくれたら、それでいい。時々、グルーミングでふにゃふにゃにしてくれたら、他に何も望まない。

私たちは、みんなでふーさんを守っている。そして同時に、ふーさんに守られていることも知っている。

実家に帰って二週間が過ぎた。

その間、可世子はほとんど家から出ていない。母親が目を光らせていて、コンビニに行くことさえ嫌がっている。噂《うわさ》が広がっているのはわかっていた。狭い町だから、あれやこれやと尾ひれが付いているだろう。それはそれで仕方のないことだとしても、携帯が手元にないのだけは不便この上なかった。父親は警察に没収されたと言っていたが、嘘《うそ》だとわかっていた。すごく不便だが、外と連絡を取って欲しくないと思う親心も、とりあえず理解していた。

可世子は毎日ベッドに寝転がって宙を眺めている。枕元に置いてある十年以上も前の、でもその頃は最新だったラジカセから、流行の音楽が流れている。

高校生まで使っていたこの部屋は、大学進学で離れた今も少しも変わってない。勉強机もパイプベッドも、黄色と白のギンガムチェックのベッドカバーも、壁に貼ってあるあの頃大ファンだったアイドルのポスターもそのままだ。そのアイドルのことは本当に好きで、毎晩「彼の夢を見ますように」と祈りながら眠りについたものである。でも、今、どれだけポスターを眺めてもアイドルの名前を思い出すことができなかった。

ここに連れ戻されて何よりわかったのは、もう自分の家がここではないということだ。ふーさんが恋しくて、みんなが恋しくて、あの家での暮らしが恋しくて、頭が変になりそうだった。刑事は「あの男に拉致監禁された」と言ったが、今の可世子にとってはここがそうだった。

母親のいない時を見計らって、家の電話からママに連絡を入れた。

「ママ、私」

「ああ、可世ちゃん、元気にしてる?」

「私は大丈夫。ふーさんは?」

「もうしばらく出られそうにないの。これから裁判になるんですって」

「あの子、自分でふーさんについてきて、勝手に泊まって行って、帰るからってお金まで持っていって、それでどうしてふーさんが訴えられなきゃいけないの。ふーさん、かわいそう」

「そうなんだけどね。しょうがないわ、世間からすれば、やっぱり私たちの生活は変に見えるんでしょう」

「みんなはどうしてる？」

「元子ちゃんと君絵ちゃんと茜ちゃんは、先週、帰って来たの」

「やっぱり」思わず声が高まった。

「きっとそうだと思ってた。良子さんも久美さんも裕美さんも、絶対に帰って来る。そしたらまたみんなで暮らせるね」

「でもね、可世ちゃんはそっちにいなさい」

「どうして」

「ご両親に心配掛けちゃいけないから」

「そんなこと言わないでよ、ママ」

「わかってる、みんなの気持ちは同じだってこと。でもね、いいチャンスだから、これからのことをじっくり考えなさい。戻って来ても、前のままで暮らして行くのは、今までよりずっと大変になるんだから」

電話を切ってから、ママに言われた通り、可世子はじっくり考えた。これからの自分、これからの人生。両親が望むように結婚して、子供を産んで、その子を育てて、夫と老いてゆく。それが幸せな人生だという想像ぐらいはつく。けれどこうも思うのだ。ウェディングドレスを着ても、生まれたばかりの子供を抱いても、夫とフルムーンに出掛けても、自分はいつも「帰りたい」という気持ちを捨てることはできないだろう。あの家に帰りたい。一生、死ぬまで思い続ける。もしかしたら、死んでからも。ふーさんとみんなとの暮らし。喋って、笑って、眠って、時々ふーさんにふにゃふにゃにしてもらって、また喋って、笑って、眠る。帰りたい家があるのに帰れない。そんな不幸を抱えて生きて行くなんて、自分にできるはずがない。

部屋に戻って、可世子はバッグを手にした。必要なものを持って行こうとしたが、何も思い浮かばなかった。ここにあるものは、もう私のものじゃない。私の欲しいものも、必要なものも、それ以上のものも、みんなあの家にある。

みんなが待っているあの家に帰ろう。そして今度はみんなで、ふーさんの帰りを待とう。

その思いだけをバッグに詰め込んで、可世子は玄関に向かった。

5 和美

……白いシーツの上で

今日も保健室は賑《にぎ》わっている。

授業の休憩時間、昼食時間、放課後、時には授業を抜け出して、生徒たちがやって来る。頭が痛い、お腹が痛い、気持ち悪い、擦《す》り剝《む》いた、そんな身体《からだ》の症状を訴える子が半分。残りの半分は、ただお喋《しゃべ》りするためだけにドアを開ける。でも、身体の症状があっても、実はお喋りがしたくてそうなっている子がいることもわかっている。

生徒たちにとって、保健室とはどのような場所なのだろう、と和美《かずみ》は時々考える。先生と呼ばれるが、先生ではない養護教諭。生徒たちは成績を握られていないことで気が楽なのか、友達に弱みを握られるのが嫌なのか、両親への虚栄心もあるのか、担任や友達や親に話せないことを話す。

女の子はやはり好きな彼氏の話が多くなる。まだ中学生だから「私の好きな○○くんを、隣のクラスの××ちゃんも好きなの」といった他愛ない三角関係だが、時には「妊娠したかもしれない」と泣きついて来る子もいる。じっくり話を聞いてみると、キスしただけということだったりしてホッとする。この年代は性に対する知識に天と地ほどの差がある。複数人とのセックスを経験している子もいれば、行為そのものすら知らない子もいる。

養護教諭になって十二年。学校は三つ回った。その間、さまざまな子供と出会った。妊娠もあったし、レイプや薬やリストカットという事件にも遭遇した。十二年もやっていれば当然だ。校内での自殺者が出なかったことを、他校に勤める養護教諭から「ラッキーよ」と言われるから、きっとそうなのだろうと思う。

ドアが開いて男の子が顔を出した。

「あら」

雅也《まさや》だった。彼は二年生の十三歳。だいたい週に一度の割合で放課後に現れる。

「いい？」

ぶっきらぼうに雅也は言った。

「いいわよ」

和美が頷《うなず》くと、彼は入って来て窓に近いベッドにごろんと横たわった。彼はいつも五時少し前にやって来る。勤務時間は五時十五分までなので、保健室は五時に閉まることになっている。だからこの時間に来る生徒はほとんどない。雅也が時間を見計らって来ている、と気がついたのは最近だ。

雅也はベッドで眠ったり、図書室で借りて来た本を読む。時にはぼんやり校庭を眺めている。中二にしては少し小柄だが、年の割にはどこか大人びた眼差《まなざ》しを持っていて、目が合うと、何だかいけないものを見てしまったように和美の方がうろたえてしまう時がある。

「先生、辞めるんだって?」

声が聞こえて、和美は顔を向けた。雅也はベッドで仰向《あおむ》けになり、両手を頭の下に敷いている。目は閉じたままだ。

「どうして知ってるの?」

「噂《うわさ》で聞いた。夏休み前の終業式が最後なんだろ」

「そうよ」

「何で辞めるのさ」

少しばかり言い淀《よど》んだ。

「いろいろ事情があるの」

「ふうん」

雅也の反応を見るより先に、和美は逆に質問した。

「最近どう?」

「どうって？」

「おかあさんとうまくいってる？」

「別に、普通」

今やめずらしいことでもないが、雅也は母子家庭で育っている。多感な年頃ということもあって、母親の異性関係に嫌悪を抱いている。おかあさんが大好き、と、おかあさんを他の男に盗《と》られたくない、と、おかあさんに腹が立つ、という気持ちが混在している。その鬱憤《うっぷん》が、保健室へと足を向けさせている。詳しい話を聞いたわけではないが、ぽつぽつと語った言葉を繋《つな》ぎ合わせればだいたいの想像はつく。家族とのトラブルを抱えている子は同じ表情をする瞬間がある。

「ごめんね」

和美は呟《つぶや》く。

「何で謝るのさ」

「卒業まで、ちゃんと見送ってあげられなくて」

「事情があるんだろ」

「そうだけど」

「だったら仕方ないだろ」

「そうね」

自分より二十歳以上も年下の、相手はまだ十三歳の子供でしかないというのに、和美は自分の方が卑屈になって、媚《こび》を含んだ声音になっていることに気づく。

それからいつものように三十分ばかり、雅也はベッドで過ごした。勤務時間は過ぎているが起こすつもりはない。六時でも七時でも、雅也がいたいだけいればいいと思っている。もっと言えば、いればいいのにと望んでいる。

五時半を過ぎた頃、雅也は目を覚ますと、面倒臭そうに身体を起こして上履きに足を滑り込ませた。首をほぐすように二、三度回してから、立ち上がる。顔を向けなくても、和美には雅也の動きが手に取るようにわかる。

「じゃ、帰る」

寝起きの少し掠《かす》れた声で雅也は告げる。和美は今気づいたように顔を向ける。

「あら、そう。じゃあ気をつけて帰るのよ」

それにには返事をせず、雅也が保健室を出て行く。和美は廊下を行く足音に耳をそばだて、遠のいたことを確認する。それから席を立ち、今まで雅也が寝ていたベッドに近づいて、そのかすかなくぼみに手を載せる。そこにはまだ体温が残っていて、その生々しさに思わず身震いし、かすかな衝動が和美の身体をぐらりと揺らす。和美は慌てて手を引く。

もし雅也と出会わなかったら、この中学校を、養護教諭という職業を、辞めることはなかったかもしれないと改めて思う。

週末は町田《まちだ》と会うのがここのところ習慣になっている。

昼過ぎまでに自分のアパートの洗濯や掃除を終え、夕方に待ち合わせて食事をする。もしくは、スーパーで一緒に買い物をして、町田のマンションに行って料理を作る。大したものが作れるわけではないが、どんな料理でも町田は「おいしい」と言ってたいらげてくれる。それが土曜ならそのまま泊まってくる。お風呂に入って、ちょっとお酒を飲んで、セックスをする。ごく普通の、健全なセックスだ。

町田とは半年ほど前、遠縁のおばさんの口利きで知り合った。おばさんの知り合いのお稽古仲間のおばさんのお姉さんの息子、ということだったような気がするが、もう忘れてしまった。とにかく見合いを勧められ、出向いてみると町田がいた。

町田は四十一歳のサラリーマン。離婚歴がある。紹介してくれたおばさんは「初婚の和美ちゃんには悪いんだけど」と恐縮して言ったが、和美の方はまったく気にならなかった。自分ももう三十四歳で、そんなことにこだわるほど子供ではない。だいたい離婚と言ってももう十年以上も前のことで、別れた妻子とは金銭的なことも含めて交流はまったくないと言われた。何より町田自身、傷や陰を引きずっているようには見えなかった。

初めて会った時、不快なところがどこもなかった。喋り方も食べ方も手の形も指の動きもごく自然に受け入れられた。それはとても大切なことのように思う。若い女からすれば、冴《さ》えない中年のおじさんかもしれないが、その穏やかな性格に安堵《あんど》した。付き合い始めると、話はとんとん拍子に決まり、九月には結婚式を挙げる予定になっている。結婚式と言っても派手にするわけではなく、身内と数少ない友人を招いてのささやかなものだ。新居は、今、町田が住んでいるマンションになる。婚約をしてから、町田とふたりで探した部屋である。さほど広くない2LDKだが、二人暮らしには十分だろう。仕事を辞めてから和美も引っ越すことになっている。子供のことは今のところ考えていない。町田も積極的でないことだけは確かで、その点も安心している。

町田との三回目のデートの時だった。「私、仕事を辞めたいと思っているんですけど……」と切り出すと、町田は意外だったらしく、喫茶店のテーブルの向こうで、何度か瞬《まばた》きした。

「それはいいけど、でも驚いた」

「どうして?」

「キャリアを積みたいから、今まで結婚しなかったんだと思ってた」

「たまたまこうなっただけです」

大学を卒業して、希望通り養護教論として働けることになった時、どんなに嬉《うれ》しかったろう。心の中は、子供たちの力になりたい、という素朴な情熱で満ちていた。実際、そうしてきたという自負もある。その間には恋もしたし、結婚を考えたこともあった。今まで独身が続いたのは、殊更理由があったわけではなく、言った通り、たまたまなだけだ。

「僕はどちらでも構わないよ。あなたひとりを食べさせてゆくことぐらいできるから」

せっかく公務員になったのにもったいない、とか、ふたりで働けば経済的にもゆとりが持てる、などと辞めることを否定されたらどうしようと思っていたので、心底ホッとした。

今日は新宿の大きな家具屋に行き、ダイニングセットとベッドの下見をした。ＬＤＫと言っても十二畳ほどの広さしかなく、ダイニングセットはごく標準的な大きさの、シンプルなデザインのものを選んだ。リビングに置くソファとテーブルは、和美が今使っているものを持って行くことになっている。

ベッド売場に行くと、広いフロアを埋め尽くすようにベッドが並んでいた。

「やっぱりシングルかな」

町田の声に和美は頷く。

「そうね」

「部屋の広さからすると、ダブルの方がコンパクトだけど、シングルをふたつ合わせた方がゆっくり眠れるだろうし」

「いいんじゃない」

フロアの中を回り「これなんかどうかな」と、町田が目に付いたシングルベッドのマットに腰を下ろした。

「座ってみたら」

和美は言われた通り、町田の隣に座る。

「スプリングはやっぱり固めじゃなくちゃな。前に柔らかいのを買ったら、腰が痛くなって大変な目にあったことがある。最近、低反発マットっていうのも人気だけど、どうなのかなぁ。ちょっと店員さんに聞いてみようか」

「そうね」

町田はフロアを見渡し、店員を見つけて「すみません、ちょっとお願いします」と手を上げた。店員が小走りにやって来て、町田の質問に対して説明を始めた。

保健室のベッドは白いスチールパイプで出来ている。スプリングがどうとかいうレベルではなく、体育の授業で使うマットより幾分弾力性があるというくらいの代物《しろもの》だ。素っ気ない木綿の白のシーツに、同じ掛け布団カバー。枕もスーパーで千円ぐらいで売っているものだ。眠り心地の悪さは折り紙つきだから、眠るために使われるベッドでないことぐらいみんな知っている。それでも、保健室のベッドにはいつも誰かが、何かが眠っている。生徒だったり、不安だったり、孤独だったり、欲望だったり。

週明け、学校に行くと職員室はいつもと違う上ずった雰囲気に包まれていた。

「何かあったんですか？」

割と親しくしている国語の女教師に尋ねると、彼女は「そうなのよ、大変なのよ」と、声を押し殺しながら言った。

「ほら、うちの生徒もかなりの数が進学してる○○高校の教頭、生徒と関係を持って、ストーカーして、警察に捕まったんですって」

驚くでしょう、驚いて当然よね、と言わんばかりの女教師の眼差しに、和美は期待通り目を丸くしてみせた。

「へえ、本当に」

「それが私も知ってる教頭なのよ。教育委員会で何度か顔を合わせたことがあるんだけど、教育熱心で、生徒からの人気も高いって、すごく評判のいい先生だったから、聞いた時はもうびっくり。でね、関係を持ったのは生徒が在学中で、卒業してからもずっと続いていたんですって。その生徒に恋人ができて、別れ話を持ち出されたことで、すっかり頭に血が上って、脅迫のメールは送るわ、つきまとうわで、生徒の方が耐えられなくなって警察に相談に行ったんですって。もしかしたら、被害者の生徒っていうのがうちの中学卒業じゃないかって、今、大騒ぎしていたところ」

「それで、うちの卒業生だったんですか？」

「ううん、違っててホッとした」

　女教師はわかりやすいため息をつく。

「それにしても何て馬鹿なことしたのかしら。その教頭は、強姦《ごうかん》したわけじゃない、合意の上だ、なんて弁解してるらしいけど、自分は結婚してて五十も過ぎてるわけだし、生徒は今は二十一歳だけど、そうなった時は十七歳だったっていうんだから、そんな理屈が通るわけないじゃない。そりゃあ高校生になったら身体も大人だし、あの短いスカートでパンツでも見せられたらちょっとはムラッとくるかもしれないけど、二十代の新任じゃあるまいし、教頭にもなってるのにどうかしてる」

「ほんとですね」

「どこかで勘違いしちゃうのよね。ほら、私たちの仕事って、毎年毎年若い子が入って来るでしょう。そういう子たちと毎日接していると、自分の年を忘れて気持ちだけ同化してしまうの。話のわかる先生なんかやってると尚更《なおさら》よ。自分はあの子たちの何でもわかるし、恋人にだってなれると思い込んじゃう。私なんか、逆に自分の老いを突き付けられるような気がするんだけどね」

　和美は曖昧に頷く。

「これで教頭の人生もおしまいね。もちろん教員免許は剝奪《はくだつ》だし、解雇となれば退職金も出ないだろうし、奥さんもそんな恥ずかしいダンナは見限るだろうし、子供だって、娘がふたりいるらしいんだけど、軽蔑するわよね。どころかこれがきっかけでグレちゃうかもしれない。近所には白い目で見られてもう家に戻ることはできないし、そんな男は友人知人だって見捨てるし、ほんと最悪よ。でもまあ、考えようによっては哀れよね。老いてゆく男の最後のあがきってものがあったのかもね。でも、だったらキャバクラとかそういうところで何とかすればいいのに、教え子っていうのが貧乏臭いったらないわ。お金をケチって、手近なところで間に合わせようって感じで」

予鈴が鳴り始め、女教師は慌てて授業に使う教科書や名簿を手にした。

「まあ、何を言っても自業自得だからしょうがないけど、奥さんと娘さんは可哀想《かわいそう》よねえ」

今日の雅也は姿を現したときから不機嫌そうだった。何も言わず、勝手にベッドに行って寝転んでしまう。和美もまた何も言わない。とりあえずパソコンに向かっているが、それにほとんど意味はなく、ただ字を打ち込んだり消したり、マウスを滑らせたりしている。

雅也が口を開いたのは十分ほどもたってからだった。

「先生、結婚するのか」

口調がいつになく乱暴だった。

「そうよ」

和美はパソコンに目を向けたまま、わざと突き放したような口調で答えた。

「何で黙ってたんだよ」

「聞かれなかったから。でも今、ちゃんと答えたでしょ」

「何だよ、いい年のくせして結婚なんて」

「いい年だから結婚するの」

「よく貰《もら》い手があったな」

「おかげさまで」

しばらく言葉が途切れる。校庭で練習している野球部の掛け声が、やけに間延びして聞こえてくる。

和美は唐突に、雅也と同じ年の頃、保健室のベッドに横たわっていた自分を思い出した。あれは全校朝礼の日で、たまたま朝食を抜いたせいで貧血を起こしてしまったのだ。倒れた和美は保健室に運ばれた。冷たいシーツの感触とわずかに漂う消毒臭さ。始業のチャイムが鳴って、生徒たちが動き出すのを海鳴りのように聞いていた。自分だけ、遠いところに来てしまったような不安に包まれながらも、家のベッドでは味わえない高揚感に満たされていた。泡のような興奮が身体を熱くし、たまらなくなって和美は両腿《りょうもも》に力をこめる。ここにいるのは自分じゃない誰か。そして誰でもない自分。その間を行ったり来たりしながら、スカートの裾へと指を伸ばす。その日、初めて和美は自慰を経験した。

「結局、見捨てるんだ」

「見捨てる？」

和美は雅也の言葉を繰り返した。

「生徒のことなんてどうでもいいんだろ。自分さえよけりゃいいんだ」

和美は黙る。

「だったら、最初から味方みたいな顔するなよ」

雅也は吐き捨てるように言うと、子供らしい自己主張で、床に上履きを叩《たた》きつけるようにして出て行った。

見捨てるのはあなたじゃないの――。

消えたその背に和美は呟く。

心を許すような振りをして、さも慕っているように振舞って、でも卒業すればそんなことなどみんな忘れて、使い古した上履きや体操着と一緒に、私のことも不燃物のゴミ袋に押し込むくせに。やがて新しい友達を作って、マックやケンタに寄って屈託なく笑い、好きな女の子とこっそりキスしたりセックスしたりするくせに。大人になってゆく。もう十二年も繰り返してきたことではないか。

わかっている。それが教師というものだ、いずれ子供らは卒業してゆく。捕まったストーカー教頭は、みな頭がおかしくなったと思っている。教え子に手を出すなんて、ましてや別れたくなくて脅迫したりつきまとうなんて、誰がどう考えても頭がおかしくなったとしか思えない。そんな破廉恥《はれんち》な教師は厳罰が下されて当然だ。

けれども、もしそこに「恋」を持ち出したら、どんな反応があるだろう。教頭は恋をした、恋が教頭を狂わせた。そんなことを言ったら、今以上に猛烈な批判を受けるだろうか。教師は生徒に恋などしてはいけない。当然だ。世の中でそう決められている。そんなものは人でなしのすることだ。だからもちろん私も言わない。私の中に、もしかしたら教頭がいるかもしれないということを。僅《わず》かな違いで、捕まり詰《なじ》られ厳罰に処せられるのは私かもしれないということを。

その日から雅也は保健室に現れなくなった。

和美の結婚退職を聞きつけて、保健室に通っていた生徒たちがからかいに現れたり、お祝いに来たり、時々「先生がいなくなると寂しい」などと愛らしく泣きに来たりした。どの子に対しても、和美は平等に「ごめんね」と謝った。

結婚の準備は着々と進み、式場も引っ越しの日程も決まった。ウェディングドレスも割安の店で借りることになった。新婚旅行は迷ったが沖縄にし、新しいスーツケースも買った。七月の中旬には先生方に送別会を催してもらい、結婚祝いにとガラスの花瓶を贈られた。

校庭は夏の熱射に灼《や》かれていた。廊下は耳鳴りのような蝉《せみ》の声が溢《あふ》れ、汗とコンクリートの焼けるにおいで満ちていた。部屋の隅にクーラーの代わりの扇風機が置いてあり、律儀に首を回して風を送って来る。

夏休み前の学校はいつも浮き足立っている。生徒たちは面倒な宿題や補習や二週間に一度の登校日より、花火やプールや友達と揃《そろ》いで買った新しいキャミソールの方がずっと気に掛かっている。それが証拠に、最近、保健室を訪ねる生徒はほとんどいない。暑さのせいもあって、こんなところに来るくらいなら駅ビルのエスカレーター横のベンチの方がよほどホッとするのだろう。これも夏休み前はいつものことだ。

終業式は、七月の最終火曜日に行われた。校長が体育館の正面にある壇上に立ち「気持ちを引き締め、生活習慣を乱さず……」などと馴染《なじ》みの訓示を述べた後、和美が退職することを告げた。

「養護教諭として三年間、当校で頑張ってくださいました。みなさん、感謝の気持ちで拍手を送りましょう」

すでに知れ渡っていることなので誰も大した感慨はないらしく、ぱらぱらとお座なりな拍手が起こった。教師席の端に座っていた和美は立ち上がり、校長と生徒に向かって丁寧に頭を下げた。

式が終わってから保健室に戻り、和美は最後の片付けをした。まず戸棚を開けて消毒薬や湿布薬、絆創膏《ばんそうこう》、頭痛薬に鎮痛剤、その他の薬品の残りを確かめ連絡ノートに書き込む。パソコンは学校のものなので不要なデータを消す。本箱の整理。いくつか置いてあった私物を、持参した紙袋に入れる。そんなことが終わった頃には窓の外は薄暗くなっていた。

不意にドアが開く気配があって、顔を向けると、雅也が立っていた。制服の白いシャツがところどころ汗で透けていた。雅也は思い詰めたような、それでいてどこか投げ遣《なや》りにも見える眼差しを向けた。

「どうしたの」

尋ねる自分の声が、もしかしたら喜びを隠しきれていないのではないかと、和美は急に不安になる。

「行くなよ」

雅也は泣きそうだった。いや、本当に泣いているのかもしれなかった。よくわからなかったのは、それを確認する前に抱きつかれたからだ。身長百六十センチの和美とほぼ同じ背丈の雅也の髪が、顔にかかる。幼い汗臭さが鼻の奥に広がる。

「どこにも行くなよ、結婚なんかしないでずっとここにいろよ」

「そんなわけにはいかないの」

「どうして」

「だって……」

和美は言葉を濁す。

だって、私はあなたに欲情しているから。三十四歳の養護教諭が十三歳の教え子に常軌を逸した感情を抱いているから。あなたに触りたいから。あなたとしたいから。そんなことを、あなたと出会ってからずっと考えていたから。この保健室で、パイプベッドに横たわるあなたを見ながら、いつもいつも。

「先生が好きだ。どうしようもないくらい好きだ」

和美は痺《しび》れるような思いにかられる。

雅也は強く和美を抱きしめる。けれども和美にはしがみついているように思える。そして、その方がもっと雅也の好意の深さを表しているように感じる。

ほとんど無意識に、和美は雅也の頰を両手で包み、唇に自分のそれを押し当てた。薄くて硬い唇の奥で、生え変わったばかりのような小さな歯がカチカチと音を立てた。緊張と興奮で雅也の身体が小刻みに震えている。それでも、雅也は勃起していた。それが制服の黒ズボンを通して和美の下腹に当たっている。

目の端に木綿のシーツが掛かったパイプベッドが見える。このまま雅也をベッドに倒し、シャツもズボンも脱がしてしまいたい衝動にかられる。

きっと触るのを躊躇《ちゅうちょ》してしまうくらいすべすべの肌をしているのだろう。乳首は小さく締まっていて、恥毛もまだ完璧に生え揃ってはいないだろう。汗臭さの中に乳の匂いが混ざり、自分の指しか知らないペニスは幼い色をしているのだろう。初めての行為に瞬《また》く間に達したなら、舌で綺麗《きれい》に舐《な》めとってあげよう。そして女の中がどんなに温かくてどんなに心地いいか教えてあげよう。私の身体に触りたいなら、どこでも触らせてあげよう。気持ちがいいとこんなにも乳首が尖《とが》り、こんなにもびしょびしょに濡《ぬ》れることも教えてあげよう。

ああ、もうこれ以上は持ちこたえられない。砕け散ってしまう。何もかもどうでもよくなってしまう――その僅か手前で、和美はようやく唇を離し、両手で雅也の身体を押しやった。

「続きは」

離した唇がもう愛《いと》おしい。どうして我に返ったりしてしまったのだろう。舌を奥深くまで差し込み、歯の裏側まで舐めあう本当のキスをしたいのに。

「大人になってから」

雅也は怒ったように頬を紅潮させた。

「大人っていつだよ」

「そうね……」

「はっきり言えよ」

「わからない。でも、今でないことだけは確か」

「勝手なこと言うな」

雅也の目に今まで見たこともない凶暴さが浮かび、一瞬、殴られるのではないかと和美は身を硬くした。しかし、大きく開けられた目はすぐに溶け出し、やがて涙となって零《こぼ》れ落ちた。和美はほとんど恍惚《こうこつ》として、目の前で、自分のために涙を流す少年を見つめた。

「大人になったら、本当だな」

「本当よ」

「約束だからな」

「約束よ」

雅也が背を向け、保健室を飛び出して行く。声を掛けようとしたが、言葉は何も浮かばない。窓の外はもう闇に包まれている。夜というのに蟬の鳴き声がわんわんと響いている。和美の胸を締め付けるこの感覚は、これでよかったという安堵だろうか。それとも欲望を押しとどめた後悔だろうか。

こんなことがあっても、雅也はいつか私のことなど忘れてしまうだろう。何年かが過ぎ、卒業して、ある日気まぐれに卒業アルバムを開いても「あれ、この人誰だったっけ」と、首を傾《かし》げる。そして名前を思い出す努力もせずに、ぱたんと閉じてしまう。

振り向くと、窓ガラスに泣き顔の自分が映っていた。

もうすぐ式が始まる。

ウェディングドレス姿の和美は鏡の前に座って、その時を待っている。やがてドアがノックされた。

「どうぞ」

声を掛けると、タキシード姿の町田が入って来た。

「あら」

和美が振り向くと、町田はドレス姿の和美を見て照れ臭そうに笑った。

「ああ、綺麗だ、よく似合ってる」

「ありがとう」

和美も照れて何だか居心地が悪くなる。

「結婚式の前には、花嫁と会っちゃいけないなんて聞くけど」

「どうしたの？」

「でも、やっぱり先に会ってもらっておいた方がいいんじゃないかと思って」

「会うって？」

「僕も驚いたんだけど、思いがけず息子が来たんだ。いちおう再婚のことは伝えておいたけど、まさか来るとは思ってなかった。でも、こうしてわざわざお祝いに来てくれたと思うと、父親としてはちょっと嬉しい気持ちもあってね」

それから町田は日差しが差し込むドアの方を振り返り、声を掛けた。

「入っておいで」

現れたその姿に和美は思わず息を呑《の》む。白いシャツと黒のズボン。その身体つき、その眼差し。

「息子の雅也だよ」

雅也は和美を凝視している。和美は射られたように雅也から目を離すことができない。

こんなことが、こんなことが――。

和美は胸の奥で呟き続ける。聞こえるはずがない蟬の鳴き声がじんじんと耳の奥に広がる。そのノイズのような音の中で、雅也と交わした言葉が蘇《よみがえ》る。

約束だからな。

約束よ。

「雅也、紹介するよ。今度、父さんの奥さんになってくれる和美さんだ」

和美はまだ身動きすらできずにいる。

6

汐里

....J

「本当に幸せを絵に描いたような暮らし振りですねぇ、私、憧れちゃいます」

ソファの向かいに座る若い女性誌編集者がうっとりした声を上げる。汐里《しおり》は居心地の悪い思いで首を横に振る。

「そんなことないですよ」

「また、そんな。仕事は順調で、優しい旦那様がいらして、こんな素敵なマンションで暮らされて、もう完璧じゃないですか」

お世辞だとわかっているが、半分は本音もあるだろう。確かに、若い女性が望む多くのものを汐里は手にしている。この女性誌の取材も『憧れの人から素敵な生き方を学ぶ』というテーマのインタビューだ。

汐里はイラストレーターで、自分で言うのも何だが、かなりの売れっ子だ。ポストカード、化粧品やデパートの広告、小説の挿絵など、汐里を指定する仕事は途切れることなく舞い込んでくる。他人が聞いたら嫌味に聞こえるかもしれないが、下積み経験もほとんどない。美大を卒業して三年目で、名のあるイラスト公募で大賞を取り、それからずっとこの調子だ。すでにプロになって十六年。その間には多少浮き沈みもあったが、生活が脅《おびや》かされるほどでもなく、四十一歳になった今ではそれなりのポジションに位置するようになっている。

「先生は、一日をどんなスケジュールで動いていらっしゃるんですか」

「そうですね」

仕事部屋の撮影もしたいとの要望で、インタビューは自宅のリビングで行った。広さ一三〇平米もある、夜景が美しく見渡せるこのマンションは、七年前に汐里が自分で買った。ＬＤＫは二十畳で、あとは寝室と仕事部屋がある。家具調度品もファブリック類もそれなりに厳選したものを置いている。

「朝は、だいたい六時ごろに起きて、主人の朝食の準備をします。仕事が忙しくて睡眠不足が続いても、毎朝、朝食だけは一緒に摂《と》るようにしてます。主人も帰りが遅いので、一緒に食事できるのは朝食ぐらいですから。七時半過ぎに主人を送り出して、午前中は家事をして、午後から自分の仕事に取り掛かる、そんな感じでしょうか」

「家事との両立は大変じゃないですか」

「家事って、いい気分転換になるんですよ。日々の中から得られるものも大きいですし」

「私なんか、忙しさにかまけて部屋の中は散らかり放題です」

「もちろん無理はしません。疲れている時は手抜きもします。主人もいつも『無理することはない』って言ってくれてますから」

「優しいご主人ですねえ」

「ええ、感謝してます」

汐里はぎこちない手つきでコーヒーカップに指を伸ばす。

「夫婦でデートもなさるとか」

「週に一度は外で食事をするようにしているんです。あと年に二回はふたりで旅行に出ます」

「海外ですか？」

「そういう時もあるし、近場の温泉ってこともあります。場所はどこでもいいんです。ふたりでゆっくり過ごすのが目的ですから」

「いいですねえ、そういうの、理想です」

「うちは子供がいないので、できるだけ夫婦ふたりの時間を大切にしようと思っているんです」

「結婚して何年になられます？」

「四年です。私たち、晩婚でしたから」

「ああ、そうでしたね。最近、結婚って両極に分かれているように思うんです。うんと若い時に結婚するか、さもなければ先生のように三十代後半になった頃にするか。それで質問なんですが、晩婚のよさを教えてください」

「よさですか……」

汐里は困って、わずかに首を傾けた。

「えらそうなことは言えないんですけど、若い頃はどうしても相手に求めるものが多くなりがちですよね。でも、ある程度の年齢になると、逆に自分が相手に何をしてあげられるか、それを考えるようになるところじゃないでしょうか。夫婦って、基本はやはり思いやりですから」

女性編集者は大きく頷《うなず》いた。

「羨ましい、ますます憧れます。私も先生みたいに仕事と結婚、両方とも手に入れたいです」

取材が終わったのは夕方近くだった。すっかり疲れてしまった汐里は、改めて自分のためにコーヒーを淹《い》れ、ソファに背を預けてぼんやり宙を眺めた。

今日のような取材の後は、いつも後ろめたい気持ちになる。決して嘘《うそ》をついているわけではないが、本当のことを言っているわけでもない。取材では装う部分があって当たり前、と思いながら、やはり馴《な》れない。

本音を言うと、受けたくなかったのだが、所属しているデザイン事務所の女社長から「これもPRの一環だと思って出て頂戴」と、半ば脅迫めいて言われ、仕方なく了解した。女性編集者は羨ましいとか憧れますとか言っていたが、もし本当にそう思ったのだとしたら、取材は成功だったのだろう。

確かに自分は仕事で成功した。二十代半ばで認められ、同年代のOLよりずっと多い収入を得られるようになった。好きなイラストの仕事で身を立てられたのだから、その幸運には感謝している。けれども他人が思うほど、すべてが幸運だったわけじゃない。プライベート、特に前の結婚では辛い目にあったし、何度も泣いた。そしてその原因が、彼女が羨む、仕事の成功だと知ったらどう思うだろう。

今は、仕事を辞めるなんて考えられないが、ふと思うこともある。もしあの時、公募展で賞をもらえず、描いても描いても売れず、収入もないような毎日だったら、自分はどんな人生を送っていただろう。不幸だ、ということは容易《たやす》く思い浮かべられるが、ある意味、幸せだったかもしれないとも思う。少なくとも、前の結婚があんな形で終わることはなかった。今頃は子供のふたりもいて、その子供らのためにチラシの裏に人形や動物や漫画のキャラクターを描いてやっていたかもしれない。

けれど、幸も不幸も、その時手にしているものさしで測るしかないのだから、想像などやはり無駄なことだ。

夜、十時近くに夫が帰って来た。

「何か、食べるものある？」

朝、出掛けに「今夜は遅くなるから夕食はいらない」と、言っていた。

「ごめんなさい、用意してなくて。冷凍のだけどおうどんでも作る？」

「うん、そうしてくれ」

夫が寝室で着替えをしている間に、汐里は手早くそれを用意する。うどんを解凍し、火に掛ける。じきにパジャマ姿の夫が姿を現した。

「ちょっと待ってね、もうすぐ出来るから」

夫はダイニングの椅子に腰を下ろし、テレビのニュースを見始める。

夫は二歳上の四十三歳で、家電メーカーの技術部に在職している。出会ったのは友人の紹介で、見合いよりもう少しリラックスした形で顔を合わせた。中肉中背、眼鏡を掛け、あまり話し上手とは言えない夫だったが、その朴訥《ぼくとつ》とした印象が、汐里にはとても新鮮に、また好もしく映った。エンジニアらしく、世の中に少しもすれていないような雰囲気にも安堵《あんど》した。夫は技術職にありがちな、女性との出会いがないままその年になっていて、汐里の離婚歴も気にする様子はなかった。友人が「汐里さんはね、イラストの世界では有名なのよ」と紹介しても「そっちの方、僕は疎《うと》くて」と、困ったような表情を浮かべたのも感じがよかった。夫の前では、名のあるイラストレーターでいなくていいことが気楽だった。

出会って半年で結婚をした時、周りからはずいぶんと驚かれた。こんな仕事をしていると、派手に暮らしていると考える人も多い。でも、実際はそんなことはない。ほとんど自宅に籠っての仕事だし、付き合いも限られている。

そして、できるものなら汐里は業界の人間ではなく、まったく関係のない、ごく普通のサラリーマンと結婚したいと思っていた。イラストレーターという仕事は好きだが、周りにあまりにも仕事関係者が多く、息苦しさを感じるようになっていた。だから、夫と結婚することになった時は、本当に嬉《うれ》しかった。

うどんの用意ができて、夫が食卓に着く。

「今度、常務の娘さんが結婚することになってね」

夫が箸を手にして話し始めた。

「それで披露宴の時、招待客にカードを贈りたいそうなんだ。そのイラストを君に頼めないかって」

汐里は一瞬、返事を躊躇《ちゅうちょ》した。

「何でも娘さんが君のファンだそうだ。今日、常務に言われて僕も驚いたんだけど、君の絵ってそんなに人気あるの？」

「さあ、どうかな」

「描いてくれるよね」

夫は呑気《のんき》にうどんをすすっている。

汐里が描くイラストが、プロとしてどれだけ評価されているか、夫は今もわかっていない。だから気楽に頼みごとを引き受けてくる。以前も、親戚の女の子に頼まれたからと学級新聞のカットを引き受けて来た。

「うん、わかった。あのね、それより――」汐里は夫の向かいの椅子に腰を下ろした。

「この間の話だけれど」

「何だっけ？」

夫はテレビから目を離さずに答える。

「ほら、犬。可愛《かわい》い犬を見つけたって言ったでしょ。飼ってもいい？　ほんとに、すごく可愛いの」

「ああ、それね」

夫の声のトーンが下がる。

「でも、僕は散歩なんかごめんだよ」

「私が連れて行くから」

「部屋が汚れるんじゃないのか」

「こまめに掃除する」

「君の仕事が忙しい時はどうするんだよ」

「ちゃんと時間のやりくりをするって」

「外食とか旅行の時は？」

「ペットホテルに預けるから大丈夫」

「ま、考えとくよ」

「この間もそう言ったじゃない」

「飼うのは生き物だろ、そう簡単に決められないよ」

「そうだけど……」

「それに僕は、基本的にあまり動物が好きじゃないんだ」

夫はうどんを食べ終え、寝室に入って行った。丼の後片付けをしながら、汐里は胸の中で小さく泡立ったものをつぶしてゆく。

(自分の頼みごとは簡単に押し付けるのに、私の頼みごとは聞いてくれないのね)

働いて、それなりの収入を得ていても、犬一匹、自由に飼うことができない。もしこれが逆だったら、たとえば夫が上司から犬を押し付けられたら「飼うことにしたから」

とたったひと言で話を済ませてしまうだろう。

すごく傲慢な言い方だが、夫の給料だけではとても今の生活はできない。汐里の収入があってこそ、外食も旅行も叶《かな》う。それなのに世帯主は夫で、妻である自分は何をするにもお伺いを立てなければならない。

わかっている。結婚はそういうものだとわかっていて、それでも結婚したかったのは自分だ。それなのに、本当にそうなった今、身勝手ながら腑《ふ》に落ちないものを感じている。

もし自分が、夫に依存するだけの生活をしていたなら、逆にもっと強く押し通せるのかもしれないと思う。そうでないからこそ、余計なことに気を回し、ついあれやこれやと考えてしまう。

ふと、あの女社長が言っていたことを思い出した。彼女は三度結婚し、三度離婚している。

「成功した女はいつだって男に負い目を感じていなきゃならないの、そうじゃなきゃ結婚生活なんか成り立たないんだから」

傍《はた》からすれば、やりがいのある仕事を持ち、経済的にも不自由しない汐里が、どうしてそれほど結婚したかったのか、それも普通のサラリーマンと結婚したかったのか、不思議に思ったかもしれない。汐里にしても、他人に対してならそう思っただろう。でも、どれだけ仕事が認められても、マンションを自分で買えても、たったひとりで生きて行くなんて自分にはとてもできない芸当だった。家族が欲しい。人生を寄り添って生きるパートナーが欲しい。テレビを見ながら一緒に笑い、外で食事をしてもふたりで家に帰って、化粧を落とした顔で「おやすみ」が言えて、五年後の話ができて、何より「うちのダンナがね」と他人に言える、そんな安らぎが欲しかった。

たぶん、母の影響が大きいのだと思う。

母親は洋裁の技術を持ち、それなりの注文を受けていたが、それでも結婚は女の最大のイベントであり、まっとうな人生の象徴であると信じていた。

「働こうが専業主婦だろうが、そんなのはどっちでもいいの。どんな亭主を持つかで、女の人生の明暗ははっきり分かれるの、それだけは確か」

母はいつも子供の前で父親を「お父さんはすごいのよ」と褒めまくっていた。父は役場に勤める公務員だったが、小さい頃は母の言葉通り「お父さんはすごい人」だと汐里も信じて疑わなかった。

問題は、父が本当にすごい人かどうかではない。父は真面目《まじめ》に仕事をしていたし、出世はしなかったが、律儀に家庭を守ってきたのだから、いい夫でありいい父親であったことは間違いない。ただ、大人になるにつれ、母の胸の内にあるものも見えるようになっていた。

「男というのは、女が思っている以上に、自慢したくて、威張りたくて、褒められたい生き物なの。口先だけで構わないの、精一杯おだててあげなさい。あなたにはかないませんって、降参してあげなさい。そうすることが結局は自分の得になるんだから」

最初の結婚の時、母にそう言われたのをよく覚えている。

だから汐里は実践した。夫を立てたし、夫を褒めた。そうすることで夫との関係がうまくいくなら、母の言う通り、そんなことぐらい何でもないように思えた。

でも、たぶん、汐里が最初の結婚に失敗したのもまた、そのせいだ。

二十五歳でイラスト公募展の大賞を取った時、汐里はすでに結婚していた。相手は同じ美大の三年先輩で、同じくイラストを描いていた。彼の描く絵は汐里と違い、とても斬新でセンスがよかった。知識も豊富で、たとえばフランスで今いちばん注目されている手法や、かつて一世を風靡《ふうび》した作家の論理的な批評などを理路整然と述べ、汐里はいつもうっとりと聞き役に回っていた。あの時の汐里にとってはイラストを描くということよりも、自分も彼と一緒の仕事をしているという満足感の方がずっと大きかった。

ところが、賞を取ったのは汐里の方だった。汐里も驚いたが、彼の方がもっと驚いただろう。自分の実力の方がずっと上だと思っていたのに、汐里に先を越されたのだ。あの時は汐里自身、受賞の嬉しさに舞い上がるより、彼が取れなかったことの方が重たくて素直に喜べなかった。汐里が怖《おそ》れていたのは、このことで彼の自尊心が傷つけられ、捨てられることだった。

だから、汐里は必死で弁解した。

「私なんて運がよかっただけ。宝くじに当たったようなものだから」

彼は笑って「そんなことはないさ、汐里にそれだけの実力があったってことさ」と言ってくれた。

しかし翌年も、そのまた翌年も、彼は賞を取ることができなかった。

それでも汐里は褒めた。かつて母がそうしていたように彼のことを賞賛し続けた。

「選考委員たちはあなたの絵を理解できるだけの能力がないのよ」「あなたの絵は三十年先を行ってるの」「だって、あなたは天才だもの」そんなセリフを繰り返した。

彼が弱気になり「俺の絵じゃ通用しないのかな」と言った時も、断固として否定した。

「あなたの絵は最高よ。今はチャンスがないだけ。私レベルで世の中は通るんだもの、あなたの絵が認められないはずがない」

最初こそ、彼はそれを汐里の気遣い、愛情、もしくは本音と解釈していたようだった。

しかし、認められないまま五年が過ぎた頃、彼の鬱憤《うっぷん》は汐里への嫉妬と憤怒にすり替わっていた。自分は相変わらず絵画教室のアルバイトしかないというのに、汐里には続々と注文が入ることに激しく苛立《いらだ》った。

「おまえみたいな絵が売れるんだから、世の中もおしまいだな」

「女って得だよな、それだけで重宝されるんだから」

「イラストなんか辞めちまえ、おまえは家で家事をやっていればいいんだ」

もし、それで彼の仕事が成功するのであれば、汐里は本気で仕事を辞めてもいいと思っていた。しかし、彼はいつまでたっても賞から見放され、仕事の依頼もなかった。生活を支えるのは汐里しかいない。そのために働くことになるのだが、それはいっそう彼を追い詰めていった。

「おまえのせいだ」

これが決定的な別れの言葉になった。

「わからないのか、おまえのせいで俺は駄目になったんだ」

そうして彼は出て行った。


今、夫の前で、汐里は妻という立場だけでいればいい。

自分が成功したことによって、負い目を感じる必要はない。夫は汐里の仕事を、あくまで遊びや趣味の延長上にあるくらいの認識でしかない。夫婦茶碗《めおとぢゃわん》が、夫婦で少し大きさに差をつけるように、妻が夫より少し劣っているという立場でいることが幸福に繋《つな》がるなら、喜んでそうしよう。もう前の結婚のような、錆付《さびつ》いた螺子《ねじ》をぎしぎしと無理やり回し続けるような暮らしだけはしたくない。

翌日、すっかり顔馴染みになってしまったペットショップに立ち寄った。

ここに汐里がどうしても飼いたいと思っている犬がいる。ジャック・ラッセル・テリアの牡《おす》の仔犬《こいぬ》だ。十日ほど前、夕食の買い物帰りに、たまたま前を通りかかった。いつもは駅の商店街にあるスーパーに行くのだが、その日は定休日で公園通りのスーパーに行ったのだ。誰もがそうするように、通りに面した仔犬の並ぶガラス窓の前で足を止め、覗《のぞ》き込んだ。

そこに、彼がいた。

短く縮れた毛に覆われた彼は、まだ仔犬だというのに、孤独と凜々《りり》しさを備えた眼《め》を持っていて、冷やかしで覗いたはずの汐里はたちまち心を奪われた。それは、恋におちた、と形容しても過言ではない。汐里は誘われるようにペットショップのドアを押していた。

「いらっしゃいませ」

店員の愛想のいい声を右耳で聞きながら、仔犬からもう目を離せないでいる。

「あの、この子なんですけど」

夕食の食材で膨らんだビニール袋を手にしながら汐里は尋ねた。

「とてもいい子ですよ。血筋もいいですけど、何より性格がいいです。抱いてみませんか」

抱いたら、二度と手離せなくなる。そのことだけはわかっていた。ジャック・ラッセル・テリアは、決して汐里にしっぽを振るようなことはなかった。もしそうされたら、汐里は失望していたかもしれない。誰にでも媚《こび》を売るような真似《まね》はしないところも気に入った。

「また、来ます」

後ろ髪を引かれる思いでペットショップを後にした。

それから一週間、毎日、通い詰めた。通りに面した道路にしゃがんで、彼を見つめる。彼も少しずつ気を許してきたのか、汐里に対して、心を開いているような気がする。

飼いたいという願望が、必ず手に入れるという強い決心に変わったのは、知らない客が彼を抱いている様子を見た時だ。若い夫婦連れだった。女の方がきゃっきゃっ言いながら、彼に頬ずりしていた。それを見た瞬間、胸の中に広がった痛みに似た感覚は嫉妬と呼んでも差し支えないはずだ。すぐさまショップの中に入り、その女が彼から手を離すのを待った。女が、隣の箱のトイプードルを抱えた瞬間、汐里はすぐさま彼を抱きしめ、そのまま夫婦連れが姿を消すまで二度と離さなかった。

「決心がつきましたか」

ペットショップの店員は汐里のことを覚えていて、苦笑しながら声を掛けてきた。この子を誰かに盗《と》られてしまうのではないか、そんな切羽詰まった気持ちに追い詰められるのはもうごめんだ。

「ええ」

はっきりした夫の了解はまだ得ていないが、返事を待っていたらたぶん犬は誰かに貰《もら》われて行ってしまう。ケージやマットやトイレシートや幼犬用のドッグフードと一緒に、犬をマンションに連れて帰った。さすがにリビングに置くのは気が引けて、自分の仕事部屋にセットした。

名前はジャック・ラッセル・テリアの頭文字を取って「J」とつけた。

Jは最初、知らない場所に連れてこられたことに怯《おび》えたように、ケージの中から出てこようとはしなかった。しかし水を飲ませ、一眠りさせると、いつもの活発さを取り戻していた。ケージから出してやると、甘えながら汐里の膝の上に乗ってくる。硬めの体毛が心地よく手のひらに馴染む。身体は白く、顔は茶色で、両耳は黒い。くるくるとよく動く眼で汐里を見つめ、遊ぼうと誘っている。そんな様子を見ていると、自然に笑みがこぼれてくる。

その夜、帰って来た夫は、リビングで遊ぶJを見て、ものすごく不機嫌になった。

「勝手なことをして」

足元にまとわりつくJに手を差し伸べようともせず、冷たい視線で見下ろした。

「ごめんなさい」

「言ったろう、僕は生き物が苦手だって」

「でもね、うちには子供もいないし、こういう存在があってもいいと思うのよ」

子供のことを持ち出すと、さすがに夫は口ごもった。以前、子供が欲しくて病院に検査に出掛けたことがある。汐里は異常なしと言われたが、夫は行かなかった。

「僕は面倒はみないからね」

「わかってる。みんな私がする。ケージも私の仕事部屋だし。ね、だからお願い」

「何か臭いな。あっち持って行ってくれよ」

汐里は慌ててJを仕事部屋のケージに連れていった。


Jが来てから、汐里の毎日は激変した。

すべてにおいての最優先がJになった。真夜中、ちょっとでも鳴き声が聞こえると、汐里はケージのある仕事部屋へ飛んで行く。朝起きたら、まずするのはおしっこシートの取替えだ。テーブルに夫の朝食を用意すると、なるべく夫と会わさないために、Jを連れて早々と散歩に出る。帰って来た頃には夫はもう会社に出掛けている。それからJのごはんの用意をする。最初はドッグフードだったが、今は手作りをしている。Jは食欲も旺盛だ。日中は仕事部屋とリビングを仕切るドアを開け放して、Jが好きに遊び回れるようにしている。午後にもう一度散歩に行き、ごはんをやって、夫が帰って来るまで心置きなく遊ぶ。

犬がこんなに可愛いとは想像以上だった。誰といるよりホッとして、穏やかな気持ちに包まれた。Jの前では、イラストレーターどころか、妻でも女でもなく、人間ですらなくなって、一緒に犬になってじゃれあえる。無垢《むく》な眼で見つめられると、汐里はこの子のためなら何でもしてあげようという気になってしまう。

それから三ヶ月がたった。

Jは汐里が仕事をしている間、いつも足元で眠っている。Jの寝息を聞いていると心が安らぐ。身体《からだ》も二回り大きくなった。早く一緒に散歩に行きたくて、仕事もはかどるようになった。

当然だが、Jは夫に寄り付かない。自分がどう思われているか、Jはちゃんと知っている。

夫と外食に出ても、マンションに残して来たJのことが気になって、早々に帰って来る。一度、ペットホテルに預けて温泉に出掛けたのだが、帰って来るとJがまったく餌《えさ》を食べなかったことを聞き、それから泊まりがけで家を空ける気にはなれなくなった。

その夜、帰って来た夫が、ダイニングテーブルに封筒を置いた。金箔《きんぱく》で美しく縁取られた封筒だ。

「なに？」

「常務の娘さんの結婚式に招待された。京都だってさ」

「そう」

「久しぶりの京都だなぁ」

「ゆっくりしてくれば」

「何言ってるんだ、夫婦揃《そろ》っての招待だよ」

「私もなの？」

汐里は困惑気味にもう一度封筒に目を落とした。

「言ったろう、娘さんが君のファンだって。会社の中で、夫婦で呼ばれるのなんて僕たちだけだよ」

「披露宴は何時から？」

「夕方からだから泊まりだな。翌日は湯豆腐でも食べるか」

夫はすっかりその気だが、汐里の方はとてもそんな気になれない。

「私も行かなくちゃ駄目？」

「何だよ、それ」

「Jを残してゆくのは心配なの」

「ペットホテルに預ければいいだろ」

夫の言葉に険《けん》が含まれる。

「でも、Jは私のごはんじゃないと食べないし……ごめんなさい、あなたひとりで行ってきてくれないかな」

「わかってるだろ、僕にとって常務がどれほど影響のある立場の人か」

夫はあからさまに不快感を顔に出した。

「わかってるけど」

しかし、それを見せられても、汐里はどうしても首を縦に振ることができなかった。

「いったい何なんだよ」

思いがけず、夫が大声を上げた。

その声に反応するように、仕事部屋からJの鳴き声が聞こえて来る。

「やめて、Jが驚いてる」

「僕より、犬の方が大切だって言うのか」

「まさか」

夫はソファを指差した。

「これ、犬がやったんだろ」

ソファの布の一部が裂けている。Jがさっき爪で引っ掛けたのだ。

「ああ、ちょっと悪戯《いたずら》しただけ」

「だから言わんこっちゃない。今に、ぼろぼろにされる」

「もうさせないようにする」

「カーペットは毛だらけだし」

「すぐに掃除する」

「だいいち、臭いんだよ。部屋全体がどうにも犬臭い」

「ごめんなさい。おしっこを漏らしたところもあるけど、いつもちゃんと拭いて、消臭スプレーも掛けてるんだけど」

「だから反対したんだ。それなのにどうして勝手に犬なんか飼ったんだよ。あんなの、ペットショップに引き取ってもらえ」

「そんな……」

「何度も言ったはずだ。僕は生き物が嫌いだって。すぐに引き取ってもらえ」

夫が一歩も退《ひ》かないという姿勢を見せる。

「そんなこと言わないで。ね、お願い。あなたに迷惑かけないよう、一生懸命、世話するから」

言いながら、耳元に女社長の声が蘇《よみがえ》って来る。

『成功した女はいつだって男に負い目を感じていなきゃならないの、そうじゃなきゃ結婚生活なんか成り立たないんだから』

重なるように、母の声も聞こえてくる。

『降参してあげなさい。そうすることが結局は自分の得になるんだから』

「僕はもうごめんだね。犬が来てから君は僕をすべて後回しにしている。妻として、いちばん大切なものを忘れているんじゃないか」

「そんなこと」

「ないって言えるのか」

「ごめんなさい……」

「謝れば、何でも思い通りになると思うなよ」

「……」

しばらく汐里は黙った。そして考えた。ごめんなさい。ごめんなさい。いったい私はいつから、戦いから逃れることしか知らない人間になったのだろう。謝ることに抵抗を感じなくなってしまったのだろう。汐里はゆっくりと顔を上げた。

「悪いけど」

「悪いけど何だ」

「だったらあなたが出て行って」

「え？」

夫は一瞬、惚《ほう》けたような顔をした。

「このマンションは私が買ったの、このソファもカーペットもみんな私のものなの。あなたにとやかく言われたくない。Jが嫌なら、あなたが出て行って」

夫の顔はみるみる上気した。

「やっぱりそうだったんだな。君は、そんなふうに思ってたんだな。自分は夫より稼ぎがあって、夫より有名だって、内心では優越感に浸っていたんだ」

汐里は大きく目を見開いた。

「驚いた……」

「何だ」

「あなたこそ、ずっとそんなことを考えていたのね。いつも私の仕事のことなんか気にもしてないって顔をしていたのに、知らん振りを続けていただけなのね」

「君は普通の奥さんになりたかったんじゃないのか」

「そうだった、確かにそうだった。でも、もういい」

もう、いい。

口にすると、いったい自分は今まで何に怯え、何を怖れ、何を失いたくなかったのかわからなくなった。ここまで妻という立場に執着してきたのは何のためだったのか。

ひとりになりたくなかった。誰かに守ってもらいたかった。それは、自分自身に守るべきものが何もなかったからだ。

でも、今の私にはJがいる。Jを守らなければならない。Jが一緒なら怖くない。

「今すぐ出て行って」

汐里は真《ま》っ直《す》ぐに腕を伸ばし、玄関を指差した。

7

奈々美

……渋谷に午後六時

副都心線が開通してから、渋谷はいっそう人でごった返すようになった。

年齢も地域も広がって、それこそ子供から老人から中年のおばさんからサラリーマンから田舎者《いなかもの》から、馬鹿から生真面目《きまじめ》から危ないのまで、世の中にいるすべての人間がこの街にやって来る。もちろん、自分のようなおっかけも例外ではない。

人ごみを縫うようにして、奈々美《ななみ》は足早に目的地に急ぐ。時折、ビラを手にした男や外国人が声を掛けてくるが決して足を止めたりしない。月曜日の今日は、夕方六時から音楽番組の収録がある。奈々美の行き先は公園通りを突き抜けた先にあるスタジオの通用口だ。

奈々美が、アイドル・林マキトのおっかけを始めるようになって一年がたった。

初めて見たのは、学園ドラマのちょい役で出ている時だった。主役はその頃いちばん人気のアイドルで、正直言うと、奈々美も最初はそのアイドルがお目当てだった。けれど第三話の時にはもう、マキトから目が離せなくなっていた。セリフも出番も少ししかなかったが、マキトは画面の中で光っていた。マキトが登場するとそこにだけ特別にライトが当たっているように明るくなった。

ドラマが終了してから、マキトの姿を求めて写真やインタビューが載っている雑誌を買い集めた。まだソロデビューはしていなかったけれど、バックで踊っているだけのコンサートにも出掛けるようになった。デビュー三年目、十七歳のマキトは、最近注目度がうんと高くなっている。

授業を終えた放課後と週末は、ひたすらこうしてマキトをおっかけている。仕事先のテレビ局やラジオ局、撮影スタジオに向かい、入りと出を待つ。コンサートがあれば必ず出掛けるし、場所が地方で、さすがにおっかけるのが無理な時は駅まで見送りに行く。ほんのちょっとでいい、マキトの顔を見られるだけで満足する。うまく行けばファンレターを手渡すことができる。もっとラッキーだと二言三言言葉を交わすこともできる。

ファンレターの返事を初めて貰《もら》った時、どんなに嬉《うれ》しかったろう。おっかけを始めて三ヶ月ほどした頃だった。すでに二十通ほど渡していたが——いつもみんなの分をまとめて袋に入れ、マネージャーに渡す——マキトは返事を書かないことで有名なアイドルだったから、それほど期待はしていなかった。それが、ある日、郵便受けの中にぽとりと封筒が落ちていた。それは奈々美がファンレターに同封した切手を貼った返信用の封筒で、中に入っていた返事も印刷されたものだったけれど、サインは間違いなくマキトの直筆だった。つまり、少なくともこのサインの入った返信にマキトは直接触れたのだ。その夜は返事を胸に抱き、興奮のあまり眠れなかった。

マキト、マキト、マキト。

本当に何てかっこいいんだろう。涼やかな目と、通った鼻筋、唇の端からちょっと覗《のぞ》く八重歯が、奇跡みたいな美しさで小さな顔の中に納まっている。少し照れたような笑い方もたまらなく好きだけれど、拗《す》ねたような困ったような表情をする時のマキトは、奈々美の胸をせつなく締め付ける。マキトのためなら何でもできると神に誓える。

スタジオ通用口に到着したのは四時半を少し過ぎたところだった。そこにはもう二十人ほど女の子たちが集まっていた。

「奈々ちゃん、こっちこっち」

顔を向けると、里香《りか》が手を振っているのが見えた。

ぶら下げている大きな紙袋には制服が入っている。私立高校に通う里香は、おっかけしているところを見つかるとやばいので、いつも事前に駅で着替えてくる。その点、奈々美の高校は私服なので気が楽だ。

「早いねー」

言いながら、奈々美は女の子の間に割り込むように、里香の隣に立った。ちょっといやな顔をされたが気づかないふりをした。

「六限目が休みになったの。さっきまでマルキューでぶらぶらしてた」

里香とはマキトのおっかけでちょくちょく顔を合わせているうちに、同じ十六歳とわかり親しくなった。と言っても、一緒に買い物に出掛けたりするわけじゃない。メールで情報交換はするけれど、会うのはいつもこの場だけだ。

「何かいいものあった？」

「ソックス買った」

「見せて、見せて」

そんなことを言い合っている間にも、同類たちで通用口前は膨れ上がってゆく。だんだん雰囲気が盛り上がり、女の子たちの興奮度も増してゆく。この辺りだけ気温は三度上がっているだろう。それと妙な湿度感。ベビーパウダーを水で溶かしたような甘ったるい粘っこさもある。五十人は集まったかと思われる頃、通用口にいちばん近い場所から、ドスの効《き》いた声が上がった。

「あんたたち、歩道をふさいじゃ迷惑でしょ！」

女の子たちが一斉に肩をすくめる。

「ちゃんと人が通れるように前をあけなさい」

この声には慣れっこだ。マキトのおっかけの頂点に君臨する衿子《えりこ》さんだ。

噂《うわさ》で聞いた話だが、衿子さんはマキトがまだデビューする前からおっかけをしていて、ファン一号でもあるという。年は正確には知らないが、二十五歳くらいだろうか。二十五歳というとここではかなりの年だが、最近は三十過ぎのおっかけも増えている。仕事は、おっかけを優先して派遣をしていると聞いている。とにかく、もう長くマキトに付いているので、マキトとはもちろん、マネージャーや事務所の人とも顔見知りになっている。だから信頼されていて、こうしておっかけが集まる場では仕切りを任されている。その代わりに、マキトのスケジュールを教えてもらい、それを衿子さんが私的に開設している会員制のファンサイトで、他のおっかけたちに情報を提供している。おっかけたちはその情報に頼っている部分が大きいし、衿子さんに睨《にら》まれたら顔を出しにくくなることもあって、誰も文句を言わず素直に従っている。

「衿子さん、相変わらず恐《こわ》いねー」

里香が奈々美の耳元に口を近づけ、小声で言った。

「何か最近、殺気立ってる。勝手にマキトに近づいたら許さないって感じ」

奈々美も同じように返す。

「この間、衿子さんの目を盗んで、直接ファンレター渡したよ」

「えっ、いついつ？」

「六本木のスタジオで撮影があった日」

「あ、私の行けなかった日だ。でも、よく渡せたねー」

「衿子さん、ちょうどマネージャーさんと話してた時にマキトがタクシーで現れたの。もう、ほんと、ラッキーだった。それにひと言だけど話もした」

「うっそー、どんな話？」

「前の番組に出てた時に付けてたブレスレットが素敵でしたって言ったの」

「そしたら？」

「にこっと笑って『うん、俺も気に入ってるんだ』って」

「きゃーっ、返事してくれたんだ」

「もう、どきどきして死ぬかと思った」

「いいなー、いいなー、いいなー」

奈々美はまだマキトと直接言葉を交わしたことはない。「頑張ってーっ！」「いつも見てるよーっ！」「応援してるよーっ！」と、掛け声をかけるだけだ。

六時少し過ぎた頃、女の子たちの間に張り詰めた緊張が広がった。マキトの乗ったバンが到着したのである。ここで騒ぐとまた衿子さんに叱られる。みんな固唾《かたず》を呑《の》んで車の動きを見ている。

というのも、以前のマキトは、毎回のように出入口近くで車を降り、待っていたファンたちの前を通って、ファンレターや花束やプレゼントを受け取っていたのだが、最近は、機嫌のいい時しか顔を見せなくなったからだ。ここ最近はバンの窓のカーテンをきっちりと閉じ、そのまま地下駐車場に入って行くことも多い。

しかし、今日はバンが止まった。よかった、機嫌がいいみたいだ。ドアが開いて、マキトが姿を現した。一斉に歓声が上がる。マキト、マキト、マキト。こっち向いて、笑って。

奈々美も手を振る。ただこうして遠くから眺めるだけだけれど、テレビ画面を通してではないその姿は、どんなに小さくても「確かにそこにいる」と実感できる。

ああ、何てかっこいいんだろう。

マキトが手を上げて声援に応えると、女の子たちの興奮は抑えようもなくなった。一ミリでいいから近づきたい。直接ファンレターやプレゼントを渡したい。目を合わせたい。握手したい。触りたい。話したい。願望がヒートアップしてゆく。

再び衿子さんの怒声が響いた。

「いい加減になさい！　ちゃんとルールを守らないと、ぶっこむよ」

ぶっこむというのは、これからマキトのおっかけを許さないという意味である。女の子たちはしゅんとしながらも、目だけは必死にマキトの後ろ姿を見送った。

家に戻ったのはもうすぐ八時になろうとしていた頃だった。

出も待ちたかったのだけれど、今夜は十時を過ぎるという。約束事として十時以降はおっかけをしてはならないというルールがある。守っていないファンもいるし、自分もそうしたいのはやまやまだけれど、そこまで遅くなるとママに小言を言われるので、奈々美は帰るようにしている。

「ただいま」

中野にあるマンションに入ると、ソファに座ってテレビを見ていたママが振り返った。奈々美は思わずぎょっとする。今もママの顔には慣れない。いけないものを見てしまったような気持ちになって慌てて目を逸《そ》らす。

「お帰り、遅かったのね」

「うん、部活が長引いちゃって」

ママには古典研究部に所属していると言ってある。

「じゃ、ごはんにしましょ」

「着替えて来るね」

パジャマ代わりのタンクトップとショートパンツに着替えて食卓に着く。ダイニングテーブルの上には、ハンバーグと野菜サラダ、高野豆腐の炊いたのと、ごはんに味噌汁《みそしる》が並んでいる。それをテレビを見ながら、どうということのない話を交わし、ふたりで食べる。

ママはパパと三年前に離婚した。原因はパパに好きな人ができたからだ。相手の人というのはパパより十五歳下で、その時三十八歳だったママより一回りも下だった。離婚する二年ほど前から、ふたりの仲は悪く、真夜中、ママとパパのお互いを罵り合う声が、ベッドの中に潜っていても聞こえて来た。だから奈々美としては決着がついたことにホッとしていたところもあった。

ママはパパから受け取った慰謝料を元手に、表参道でネイルサロンを開いた。結構流行《は》っているらしく、今では従業員が三人いる。前に家族三人で暮らしていたマンションは売り払い、そのお金もママが財産分与で貰い受け、ここに引っ越して来た。パパはそれなりにお金持ちだったので、今も自分たちの暮らしぶりはそう悪くない。

離婚してママは変わった。趣味で続けていたアートネイルを仕事にしたのもそうだけれど、何よりも顔が変わった。それは美容整形をしたからだ。

「人生と一緒に、顔もちょっと変えてみようかと思うのよ」

ママがそう言った日、うちに帰ると、サングラスとマスクをして、両頬に大きな絆創《ばんそう》膏《こう》を貼り付けたママがいた。最初、誰かに殴られたのかと思った。何をどうしようと隠しきれないくらいママの顔は腫れていた。

「心配しないで。一週間ほどで治るから」

そして一週間経った時、ママは別人になっていた。

ママは綺麗《きれい》だ。みんなそう言う。母娘《おやこ》になんてとても見えない。姉妹みたいだ。本当にその通りだ。ママは今、四十一歳だけれども、三十歳くらいに見える。

「ママは人生をやり直したいの。もう結婚はこりごりだけど、新しいボーイフレンドぐらいは欲しいと思ってる。いいでしょ、そうしても」

「いいよ」と、奈々美は答えた。パパとの離婚がママをどれだけ傷つけたか知っていたから、これからは好きなように生きればいいと思っていた。

でも、今はわかる。ママは少しも新しい人生なんか望んでない。今でもパパに未練を持っている。だから、パパの新しい奥さんよりも若くて綺麗でいたいのだ。いつかパパが改心して、ママの前で跪《ひざまず》き「もう一度、やり直したい」と懇願するのを夢見ている。

ママは最近、フェイスリフトという手術を受けた。顔のたるみを取る美容整形だという。確かに肌はピンとして、目尻も二ミリは上がったようだ。でも、ママはだんだん知らない人になってゆく。パパだって、ママを見てももう誰だかわからないかもしれない。

離婚前、ママとパパがいがみ合っている様子を見るのが嫌でたまらなかった。でも、今のママを見ているよりマシだったかもしれない。少なくともあの頃、ふたりは同じ思いを共有していた。たとえそれが憎しみであったとしても。今、パパにあるのは無関心でしかないのに、ママはパパを想い続けている。パパはもう降りてしまったのに、ママだけが試合に挑もうとしている。

学校ではごく普通に振舞っている。

マキトの話をしたこともないし、写真やグッズを持って行ったこともない。でも、おっかけをしていることは何となく知れ渡っているようだ。学年にふたりか三人、やはりおっかけをしている子がいて、もちろん担当は違うけれど、歌番組の入りや出待ちでちらっと見掛けたことがあるから、きっとそこから洩《も》れたのだと思う。

きっとみんな、私のことをバカみたいと思っているだろう。どんなに頑張っても手の届かないアイドルを毎日必死におっかけているなんてって。

でも、奈々美にしたら、みんながバカみたいに見える。彼氏がいなくちゃ肩身が狭くて、とりあえず身近な男とくっついて、ああでもないこうでもないと友人たちに報告する。デートして、キスして、セックスして、最近彼と連絡取れないけど、私、もしかしたら妊娠したかもしれない、と騒いでいる。妊娠検査薬で調べた方がいいよ。一緒にマツキヨに買いに行こう。そんなひどい男忘れなよ。他にいい人がいるよ。慰める方も、慰められる方も、ケータイ小説の読み過ぎだと思う。そしてひと悶着《もんちやく》のあと、また振り出しに戻って、身近な男とくっつき、同じことを繰り返している。

マキトが永遠に手の届かない存在だってことぐらい、奈々美もわかっている。おっかけを始めた頃は「もしかしたら、顔見知りになれるかもしれない」と思ったこともあるし、「気に入ってもらって、友達になって、メルアドを交換して、彼女になれるかもしれない」と夢みたこともある。でも、今はそんなことは考えてもいない。マキトにとって、おっかけはおっかけでしかない。それ以下になることはあっても、それ以上になることは有り得ない。

　でも、恋ってそういうものだと奈々美は思う。好きだからおっかける。好きになってもらえなくても、手を振り、手紙を渡し、コンサートに出掛け、ＣＤやグッズを買う。こんなことができるのは、恋の力以外、何があるだろう。


　火曜日。バラエティの収録があり、赤坂のテレビ局に行った。入りに間に合わなかったので、里香と一緒に近くのマックで時間をつぶし、出を待つ。九時まで待ったがマキトの姿は見られず。バンでこっそり出たと聞く。残念。仕方なく帰る。

　水曜日。マキトが大阪に出掛けるというので、五限目をさぼって東京駅に向かう。久しぶりに手紙を直接渡せて感激する！

　木曜日と金曜日は、マキトがいないので、まっすぐうちに帰る。

　土曜日。午前十一時にマキトを迎えに東京駅に行く。そのままお台場のテレビ局で収録なので、里香と一緒に向かう。衿子さんは何人かとタクシーでおっかけたが、自分たちはお金がないので電車に乗る。出まで四時間もあり、里香とヴィーナスフォートをうろついて時間をつぶし、出を待って、見送って、六時半に帰宅。

日曜日。朝七時に虎ノ門《とらもん》にあるラジオ局に行き、午前十時から生出演のマキトの入りを待つ。今日の出演の情報は一般公開されていたし、日曜日でもあるので、ファンが大勢押しかける。出の時は、すでに玄関周りは百人ほどになり、パニック状態になる。警備員の人が恐い顔で出て来るわ、衿子さんは「ちゃんと整列して！」とヒステリックに叫ぶわで、大騒ぎとなる。


「おまえ、何様のつもりだよ」

マキトが吐き捨てるように言ったので、その場が凍りついた。

「え、だって……」

衿子さんが、震える声で答えている。周りのファンも息を呑んで、立ち尽くしている。

「えらそうに仕切ってるんじゃねえよ」

出て来たマキトに駆け寄ろうとしたファンの女の子に、衿子さんが「勝手なことしないでっ！」と制止した直後のことだった。

「だって、みんなルールを守らないから……」

「ルールって何だよ。そんなの勝手におまえが作ったんだろ。だいたい何でいつもおまえがいちばん前にいるんだよ。目障《めざわ》りだから後ろに行けよ」

「そんな、私だって一生懸命……」

「うるせーんだよ」

突然、マキトが衿子さんに蹴りを入れた。衿子さんはよろめき、アスファルトに尻餅をついた。一瞬、周りはしんとなった。突然のマキトの行動に、衿子さんは何が起きたかわかってないようだった。そんな衿子さんに、マキトは追い討ちをかけるように罵声を浴びせ続けた。

「いい年して、こんなことやってんじゃねーよ。ババアはババアらしく家でじっとしてろよ。もう来るな、ウザイんだよ」

そこに事務所の人が飛んで来て、マキトをバンに引っ張って行った。

衿子さんは尻餅をついたまま、マキトの後ろ姿を見つめている。それから、はらはらと涙を零《こぼ》した。

警備員が衿子さんを起き上がらせる。衿子さんは呆然《ぼうぜん》としたまま、その場に立ち尽くしている。誰も声を掛けられない。掛けられるはずもない。集まったファンが少しずつ散ってゆく。奈々美と里香も後退《あとずさ》るようにその場から離れた。

近くにあったマックに入って、いちばん安いセットを注文した。

「いくら何でもひどすぎるよね」

里香がずずとストローでコーラをすすっている。

「ほんとよ、何もあそこまでしなくたって」

奈々美は頷《うなず》きながら、フライドポテトを口にする。

「そりゃあ、衿子さんは威張ってるし、口うるさいし、女王様みたいに振舞ってるけど、やることはちゃんとやってたよね。ファンが多くて大変な時も、衿子さんが仕切るから大パニックにならないってところもあるもん」

「そうだよ。好きじゃないけど、頑張りは認める。なのにマキト、やり過ぎ。何かがっかり」

「これでファンが減っちゃうかもね。私も気持ちが冷めたっていうか」

それから里香は小さく息をついた。

「私、マキトのおっかけ、やめようかな」

「えっ、マジで？」

「うん」

「別の人に移るの？」

「ううん、おっかけそのものをやめようかなって思ってる」

「どうして」

「あのね」

里香の頬が少し赤らむのを、奈々美は決して見逃さなかった。

「この間の朝、電車待ちしてたらいきなりコクられたんだ。相手のこと、前々から顔ぐらいは知ってたんだけど、まさかそんなふうに思ってたなんて考えてもいなかったから、びっくりだった」

「へえ……」

「顔もまあまあだし、高校の偏差値もそう低くないし、まあ、何か、そういうのもいいかなって。マキトのことがあるから、どうしようかなって迷ってたの。だって、彼氏なんか作ったら、これまでみたいにおっかけするわけにいかないじゃん。逆に言えば、これまでみたいにマキトを追っかけてたら、彼氏となんか会う時間ないし」

確かにその通りだ。学校以外の時間は、奈々美も里香もほぼすべてマキトのために使っている。

「たとえ彼氏ができたって、私は一生、マキトのファンでいようと決心してたよ。でも、今日のあんな姿を見たら、やっぱりアイドルって裏と表があるんだなって、結局ああいう人だったんだなって、気持ちがへこんじゃったっていうか——」

帰り道、ひとり電車に揺られながら、奈々美は里香の言葉を反芻《はんすう》していた。

生まれて十六年、マキトほど好きになった人はいない。毎日のようにマキトをおっかけ、寝る前には必ず「マキトの夢が見られますように」と神様にお願いしてからベッドに入る。マキトのためなら何でもできる自信がある。どんなに通い詰めてもどうせ顔も覚えてもらえないだろうけれど、それでもこの気持ちは揺るがない。この世にマキトがいてくれる、それだけで生きて行けると思っていた。

でも、今日のマキトはあんまりだった。いくら機嫌が悪かったとはいえ、衿子さんに蹴りまで入れるなんてひどすぎる。マキトがあんなキレやすい男だったなんて失望した。

マンションに戻ると、まだ夕方にもなっていないというのに、ママがダイニングの椅子に座っていた。

「あれ、サロンはお休み？」

声を掛けたが、ママは振り向きもしない。

奈々美は冷蔵庫を開いて、プリンを取り出した。こんな時、ママが何を考えているか、奈々美にはだいたい察しがつく。向かい側に座ると、ママはほとんど我を失ったような空《うつ》ろな目をしていた。

「赤ちゃんが生まれたんですって」

不意にママが言った。

「パパの新しい奥さんに、赤ちゃんが生まれたんですって」

奈々美はカップを覆うビニールを剝ぎ取って、口に運んだ。

「ママも食べる？」

ママは小さく首を横に振り、美容整形で美しく整った二重の目から涙を溢《あふ》れさせた。

何も言えなくなって、奈々美は黙々とプリンを口に運んだ。

仕方ないじゃん。パパたちは結婚してるんだから、そうなって当然じゃん。ママには私がいるでしょ。離婚する時、これからふたりで頑張ろうねって約束したでしょ。もういいじゃん。パパのことは諦めようよ。

でも、奈々美は言えない。自分がママにしてあげられるのは、余計なことを言わないことぐらいだとわかっている。

ママは自分が泣いていることさえ気づいてないのかもしれない。涙を拭おうともせず、宙を見つめている。その顔は、さっきの衿子さんに少し似ていた。


翌日、すごく迷ったのだけれど、いつものように渋谷のスタジオに向かった。

集まったファンは通常の半分くらいしかいなかった。やっぱり里香の姿はなく、当然だが、衿子さんもいなかった。ここに来る前に携帯で検索してみると、衿子さんが開設していたサイトは閉じられていた。

いつもの口うるさい仕切り役がいなくて、気が楽な反面、緊張感もなくて、みんなだらだらしていた。マキトはだいたい六時にはスタジオ入りするのに、今日はいつまでたってもバンが来ない。収録はないのだろうか。もしかしたら違う車で直接地下駐車場に入ったのだろうか。せっかく来たのだから、とりあえず出まで待とうかと思ったのだけれど、何となく気分が乗らず、六時半を過ぎた時点で、奈々美は通用口を離れた。

渋谷駅に向かいながら、まだ暮れきっていない空を眺めていると、不意にどうでもいいやという気になった。裏切られたとか、悲しいとか、悔しいとか、そういうのとはちょっと違う。本当に、心の一部がすっぽりと抜け落ちるように、もうどうでもいいや、と思った。

その二日後、芸能ニュースが、マキトがしばらく活動を休止すると伝えた。理由は学業に専念するから、だ。マキトは今高校三年生なので、進学のための受験勉強に集中したいとのことだった。

そんなのは嘘《うそ》に決まっている。ラジオ局の通用門で、マキトが衿子さんに蹴りを入れたのは大勢のファンが目撃している。きっとそれをうやむやにするために、そんな建前を持ち出したのだろう。

みんな失恋したんだ、と奈々美は思う。

衿子さんも、里香も、私も、そしてママも。

好きな人はいなくなってしまった。

最近ようやく、学校に親しい友達が何人かできるようになった。

今更無理かもしれないと思ったけれど、中学の時のような敵か味方かイジメの対象しかないというような、さすがにそんな極端な区別をするほどみんなも子供じみてはいなかった。同じクラスの何となく感じの良さそうな子に「そのシャツ可愛《かわい》いね、どこで買ったの?」と声を掛けると、案外あっさり迎え入れられた。

彼女たちとは学校帰りに近くのマックやケンタでお喋《しゃべ》りする。時には新宿や池袋や渋谷に繰り出す。どの街もマキトを追っかけて何度も行ったことがあるが、同じ街なのに友達と遊ぶ場所はぜんぜん違っていた。可愛いグッズを売ってる店や、大盛りのパフェを出す店や、流行の服をすごく安く売っている店。蛍光灯の灯りが眩《まぶ》しいところばかりだ。

スタジオや放送局は、大抵賑やかな場所から少し離れたところにあった。それは、おっかけの存在を象徴しているようにも思えた。華やかなものを、離れた場所から見つめることしかできないおっかけ——。

そのうち、ボーイフレンドらしき男の子もできた。初めて彼と手をつないだ時、あんまり手が大きくてびっくりした。バスケ部のせいか、指がごつごつしていた。マキトはこんな手じゃないだろうな、と思ってから、その答えは一生わからないのだとすぐに気がつく。マキトとは、どんなことがあっても手をつなぐようなことにはならない。彼はバスケの練習が忙しくて、会うのは日曜の夕方ぐらいだけど、一緒にいると楽しい。今はまだ手をつなぐまでだけれど、今度のデートの時はもしかしたらキスぐらいするかもしれない。マキトと夢の中でしていたことを、これから少しずつこの男の子としてゆくのだ。

ゲゲー、とか、だるー、とか、やんの、とか、むかつくー、とか、友人たちと交わすはすっぱな言葉はほとんど意味を持たないこともわかるようになった。いつも何かを隠すために発している。何かっていうのは、たとえば、これでも内心では結構真剣に大学受験のことを考えている、とか、将来は手に職を付けた方が強いか、それとも大手企業に就職するか迷っている、とか、そういうことだ。そういうことは何も考えてなくて、ちゃらんぽらんに生きているってポーズを取っていないと、何だかものすごく恥ずかしい。真剣だとか、真面目だとか、そういうことを否定しているのではなくて、短いスカートからパンツが見えるよりもずっと、それは隠しておかなければならないことのような気がする。そういうことが恥ずかしくなくなった時、自分たちはきっと別の生き物になるのだろう。それを先延ばしするように、みんなでいつもバカ話ばかりしている。そして、思いがけず、それがとても楽しく、安心できる。こうなってみると、どうしてあんなに彼女たちから遠ざかろうとしていたのか、首を傾《かし》げてしまうほどだ。

夏が過ぎ、秋が過ぎ、年が明けた。

二月に入って、デパートや駅ビルにバレンタインのチョコレート売場が、ラフォーレのバーゲン会場みたいに混雑し始めた頃、そのニュースは流れた。

マキトが私立大学に合格し、それを機に芸能活動を再開するというのである。

奈々美はテレビに映るマキトを食い入るように見つめた。久しぶりに見るその顔は、少し痩せたように見えたが、もしかしたら背が伸びたのかもしれない。それでも、奈々美を夢中にした拗《す》ねたような困ったような表情は少しも変わっていなかった。もう部屋にはマキトのポスターもグッズもない。CDはラックの後ろの方に追いやられている。

芸能レポーターが、仕事再開第一弾はいつも出ていた歌番組からだと説明した。そのために新曲も用意されているという。収録はあの渋谷のスタジオだ。そこに行けば、またマキトと会える。

自分はまたおっかけを始めるつもりだろうか。

奈々美はぼんやり考える。

そうしたら、せっかくできた友達とも付き合えなくなる。ボーイフレンドと春休みに内緒で旅行に行くという約束も守れないだろう。放課後も週末も、マキトのためだけに時間を使うことになる。たった五秒顔を見るためだけに、二時間も三時間も通用口で待ち続ける。どうせ返事など貰えないとわかっていながら、何通も何通も手紙を書く。あんな徒労をまた繰り返すというのか。

月曜日の朝、朝食を食べていると、ママが言った。

「今日、鼻を直して来ようと思うの」

奈々美はトーストを食べる手を止めた。

「いい？」

「いいよ」

駄目って言っても、ママは直すに決まっている。パパの新しい奥さんに赤ちゃんが誕生してから、ママはしばらく美容整形から遠ざかっていた。それはいい兆しなのだろうと思っていたが、再開するということは、ママの気持ちがまたパパへと向き始めた証拠なのかもしれない。気づかれないよう小さくため息をついた。

「あのね、パパの新しい奥さんたらね、産後も痩せられなくてぶくぶくのまんまなんですって」

なるほど、そういうことか。

ママが嬉しそうにコーヒーをする。どこから聞いて来た情報かは知らないが、きっとお節介な誰かがママの耳に入れたのだろう。

授業が終わって、みんなで代官山《だいかんやま》に向かった。すごく人気のあるチョコレート屋さんがあって、バレンタインデーのために買いに行こうという話になったのだ。

学校を出て、地下鉄で渋谷駅に行った。代官山はここから東急東横線に乗り換えてひと駅先にある。

改札口で、奈々美は目の前を横切った女の子に目を留めた。おっかけだ、とすぐにわかった。おっかけだからといって、みんな似たような格好をしているわけじゃない。服装も髪型もばらばらで、ギャル風の子も、お嬢さま風も、ダサい子もいる。けれど、みんな同じ目をしている。周りの風景など映っていない、喧騒《けんそう》も聞こえない、大好きなアイドルしか見えてない、とてつもなく幸せに満ちた目だ。

ちくりと、胸に痛みがあった。それは嫉妬と呼んでもいいものかもしれない。

「どしたの、奈々美、行くよー」

改札口で友達が呼んだ。一瞬、躊躇《ちゆうちよ》し、奈々美はゆっくりと息を吐いた。

「ごめん」

立ち止まったまま、片手を上げた。

「ごめん、私、行けなくなったよー」

「えー、どうしてー」

「ごめん、ごめんね」

そう言ってくるりと背を向け、ほとんど反射的に出口に向かって駆け出した。

通い慣れたスタジオまでの道を、奈々美は弾むように歩いて行く。胸の中がじわじわと熱くなってゆく。ああ、この感触は久しぶりだと思う。すると、どうして今まで忘れたままで暮らせていたんだろう、と不思議になる。

マキト、マキト、マキト。

友達とのお喋りも、ボーイフレンドとの内緒の約束も悪くはないけど、ここまで心を躍らせてはくれない。

やがてスタジオの通用門が見えてきた。その前には、以前と同じようにおっかけたちが集まっていた。そこに制服の入った紙袋を下げている里香の姿があったことも、先頭で衿子さんが仕切っているのを見ても、少しも驚かなかった。

「奈々ちゃん、こっちこっち」

里香に手を振られて、奈々美はするりと入り込む。隣に立つおっかけが、ちょっといやな顔をする。

「ねえねえ、マキトの新曲、もう聴いた？」

「えーっ、まだ出てないんじゃないの？」

「何かさー、聴いてる人もいるみたいなんだよねー」

「聴きたーい」

「そこ、ちゃんと歩道をあけなさい！　通行の人に迷惑でしょ！」

衿子さんの声が飛んでいる。
やがてマキトのバンが見えた。みんな手を振る。黄色い声で名を呼ぶ。
マキト、マキト、マキト。
衿子さんも、里香も、私も、そしてママも、また恋が始まっている。

8

光

……昨夜みた夢

アパートに帰ると、光《ひかる》は真っ先にパソコンの電源を入れる。

古いパソコンは、立ち上がりまで時間がかかる。その間に窓を開け、着替えを済ます。信じられないことに、このアパートにはエアコンがない。熱気がこもって、外にいるより汗が噴き出してくる。朝に飲んだ牛乳パックをそのままにしていったので、部屋には饐《す》えたにおいも混ざっている。それが首や腋《わき》の下のねっとりした汗とないまぜになって、いっそう不快な感覚が広がって行く。

着替えてから机の前に座り、光はすぐにメールを開いた。

受信トレイに十二通の着信があった。それをひとつひとつ開けてゆく。内容はどれもこれも似たようなものだ。

〈外で会おうよ〉〈携帯電話の番号を教えてよ〉〈写真を送ってよ〉

つまらないのは無視してすぐに削除した。ふと、一通に目が留まった。

〈まさか返事を貰《もら》えるなんて思ってなかったので、すごく嬉《うれ》しかった。あなたからのメールを読んでたら、何だか僕たちって似てるなって気がした。結局、世の中って金を持った奴《やつ》、外見のいい奴、口のうまい奴がいい思いをするように出来てるんだ。でも、そういうことを口にすると、僻《ひが》んでるとしか受け取られないから、誰にも言わないけどね。でも、あなたならわかってくれると思った。堕天使ヨージより〉

ターゲットをこいつに決めて、光はすぐに返信した。

〈堕天使ヨージくん。メールありがとう。ワタシも同感！　ほんと世の中どうかしちゃってるよね。本当に大切なことを忘れてるよね。ワタシはお金もないし、可愛《かわい》くもないし、口もうまくないけれど、一生懸命生きようと思ってる。きっと誰かが見てくれていると信じているから。それって、もしかしたら堕天使ヨージくんだったりして。だったら嬉しいな。星屑《ほしくず》のヒカル〉

送信をクリックしてから、光は「ケッ」と短く息を吐く。

こいつ、馬鹿じゃねえの。何が堕天使ヨージだよ。こんなダサいハンドルネームよくつけるよな。

それだけでどんな男か目に見えるようだった。ひたすら不細工で、ひたすら暗くて、他人から「何を考えているのかわからない不気味な奴」と眉を顰《ひそ》められていて、どこかで無差別殺人や幼女誘拐があったら「ひょっとして犯人はあいつかも」と陰で囁《ささや》かれるようなタイプだ。女にもてたためしがなくて、セックスどころかデートもしたことがなくて、臭くて、デブで、ネットで知り合った女なら、何とかなると本気で思っている。

光はさらに毒づく。

だから、俺が女になって学習させてやるんだよ。ちゃんと自覚させてやるんだよ。そんな男は無謀な夢なんか見ないで、アニメキャラ相手にマスをかいてればいいんだってな。

ようやく気持ちがすっきりして、シャワーを浴びようかと立ち上がる。ここはもともと風呂のないアパートで、ベランダに無理やり簡易便所みたいな小さなシャワールームが設置されている。どうせ明日になれば、また埃《ほこり》まみれになるのはわかっているが、もう三日も浴びてないのでさすがに気持ち悪い。ガラス戸を開けると、腐った夏のにおいがした。

朝八時四十五分が光の就業時間だ。

仕事場はアパートから徒歩三十分、駅向こうにある出版社の倉庫である。ここには在庫の出版物が置いてあり、本社からの指示を受けて出荷をし、また、本屋から戻って来た書籍を受け取る。在庫管理をオートメーション化している出版社は多いが、光の勤めている会社の規模ではとても設備に金を掛けられない。主に子供向けの図鑑や童話を出版していて、それなりに歴史はあるし、知名度もないわけではないのだが。全般的な書籍の不振と少子化も災いして、今では時代に取り残されてしまった出版社といえるだろう。

朝、ここに到着すると、本社からFAXで送られてくる発送伝票を手にする。それに従って、天井近くまである棚に積み上げられた中から本を見つけ出し、段ボール箱に詰めてゆく。午後にパートのおばさんふたりがやって来るまで、光ひとりの作業だ。この倉庫にもエアコンはなく、すぐに汗が噴き出してくる。加えて、舞い上がる埃が身体《からだ》に貼りついてくる。これが冬だと、倉庫内は冷凍室に入ったように寒く、乾燥した空気と一緒に埃が喉まで入り込んで、時々、咳《せき》が止まらなくなる。ここで死んだら、死因は埃にちがいないと思っている。

一日に二回、午前十時半と午後四時半に配送の業者がトラックでやって来る。光が出荷用に用意した段ボールが運び出され、引き換えに返本の段ボール箱が倉庫に運び込まれる。返本の処理は本当に面倒臭くていやになる。新刊と古いのがごちゃまぜになっているし、伝票と書籍は一致しないし、表紙は破れていたりするし、別の出版社の本が混ざっていたりもする。いちいちそれをチェックし、伝票と照らし合わせながら仕分けしていると、時々、自分でもびっくりするくらい苛々《いらいら》が募ってきて、みっちり詰まった耳くそや鼻くそを吹き飛ばすみたいに、わーっと叫んでしまう。もちろんパートのおばさんがいない時だ。閉ざされた空間の中で喚《わめ》き声はぐわんぐわんと糸を引くように共鳴する。

ストレス解消にしているのは、空いた時間に、携帯電話から掲示板に書き込みをすることだ。パソコン同様、モテそうもない男をからかって「ワタシ、わかるな、あなたの気持ち」とか「何だか会いたくなっちゃった」とか「好きになったかもしれない」なんて書き込んでやる。相手はすぐに舞い上がり「ありがとう」「嬉しいよ」「やっと味方に出会えた」なんて返事がある。即座に「バーカ、嘘《うそ》に決まってんだろ」で締めくくる。受け取った男がどんな顔をするか、それを想像しただけですっとする。

夕方五時四十五分に仕事は終わる。

倉庫の電気を消して、鍵を掛け、外に出る。今日も一日、誰とも口をきかなかった。配送会社のにいちゃんが、不機嫌そうに差し出す受領書に黙って判を捺《お》しただけだ。もう何日、人と話していないだろう。慣れてしまえば、それも気楽でいい。

ずいぶん前、今から十年ほど前の中学生の頃は、クラスメートから「面白い奴」と言われていた。物真似《ものまね》が得意で、よくみんなを笑わせた。芸能人の真似もしたが、教師をやるのがいちばんウケた。物理の先生の「だからなー、大事なのはここなんだなー、なー、なー」というのをやると、誰もがみんな笑い転げた。成績だって悪くなかった。学級委員もやっていた。下駄箱《げたばこ》にラブレターが入っていたことも一度や二度じゃない。下級生にコクられたこともある。

西日がじりじり顔を焦がす。目の前を下着としか思えないような格好の女が通り過ぎて行く。自分の記憶が塗り替えられているのかもしれないと、光はふとそんなことを思う。本当にあれは自分だったのか。誰か別の人間の記憶ではないのか。

駅前は人でごった返していた。やけに若い女が多いのは、最近、ここに出来たソフトクリーム屋がすごい人気だからだ。甘さはメイプルシロップのみで、動物性のミルクは一切使用していないと、立て看板に書いてある。女というのは、動物より植物の方が格が上と思っているふしがある。このクソ暑いのにソフトぐらいでよく並ぶなと呆《あき》れながら女たちの列を通り過ぎ、ラーメン屋に入る。夕食はここか、三軒先の牛丼屋か、その隣のハンバーガー屋か交差点を渡ったところにあるカレー屋の四軒と決まっている。昼の弁当はコンビニ専門だ。

カウンターに座って、何を食おうか考える。やけに冷房が効いていて、入るまでは冷しにしようと思っていたのだが、熱いラーメンもいいなと思い始める。とにかく汗をかいているのでしょっぱいのが食いたい。

「俺、塩チャーシューって言ったんだけど」

L字型カウンターの向こうで、サラリーマンが声を上げた。

「え、味噌《みそ》チャーシューじゃ」

「塩だよ、塩」

「すみません、すぐ替えます」

女の子が丼を下げる。いかにもドン臭そうな女だ。白い上っ張りの半そでから太目の腕が覗《のぞ》いていた。肘が少し黒ずんでいた。初めて見る顔だった。新入りのアルバイトだろう。

「何やってんだ！」

オヤジさんの怒鳴り声が響いた。

「すみません」

女が消え入りそうな声で答える。

「注文ぐらいちゃんと聞けよ、このボケ」

思わず、光は声を掛けていた。

「それ、もらうよ」

久しぶりに声を出したので、耳に届いた自分の声が妙に甲高《かんだか》く聞こえた。

「えっ、いいんですか」

女の子が驚いたように瞬《まばた》きした。

「うん」

ちょうど味噌味にしようかと考えていたところだった。ただチャーシューが入ると二百五十円も高くなるので、そこは予定外だった。

オヤジが「どうも」と軽く頭を下げる。女が「すみません」と、光の前に丼を出す。

光は黙って目の前のラーメンを食べ始めた。もしかしたら「チャーシューはサービス」と言われるかと思ったが、レジではしっかり八百五十円を取られた。


〈メール、嬉しかった。僕も同感。頑張っていれば、見てくれている人は必ずいると信じてる。だって、ほら、星屑のヒカルさんがこうして理解してくれたんだから〉

〈今日は暑くてうんざりでした。駅前にメイプルシロップのソフトクリーム屋さんが開店したので、誘惑に負けて食べて来ました。だって、ここだけでしか食べられないっていうんだもの。女の子って、ここだけっていうのに弱いのよね。で、当たり！　すごくおいしかった。太っちゃうのが心配だけどね。ワタシは本屋さんでアルバイトをしています。堕天使ヨージくんは、どんな仕事をしているの？〉

〈僕はいろいろやってます。コンビニとか漫画喫茶とかレンタルＤＶＤ屋とか。みんなアルバイトだけど。でも、いつか大きいことをやりたい。みんなをアッと驚かせてやりたい。そのために夢に向かって頑張ろうと思ってる〉

カッコつけんじゃねーよ。

光はせせら笑う。

定職がないだけの、単なるフリーターだろ。将来の展望なんか何もないくせに、大きいことだって？　みんなをアッと驚かせるようなことだって？　だったらそれが何なのか、具体的に書いてみろよ。書けないのが何よりの証拠じゃねえか。こんな男はとことん痛い目にあわなきゃ現実が見えないんだ。俺が教えてやるよ。でも、それは今じゃない。もっともっと盛り上げてからだ。それから、奈落の底に突き落としてやる。

光は返信した。

〈夢を持つって大事なことよね。頑張ってね。応援してます。ワタシはいつもヨージくんの味方だよ。星屑のヒカル〉

倉庫の中で埃と汗にまみれていると、時々、自分はもしかしたら悪い冗談に乗せられているのではないかという気がしてくる。

中学生の頃はクラスで人気者だったし、勉強もできた。高校進学を前にして、おふくろと受けた三者面談でも、担任は「何の問題もありません。生徒たちがみんなこうだったら僕も苦労しないで済むんだけどなぁ」とべた褒めだった。

小さな違和感のようなものを感じたのは、志望通り地元の有名な進学校に入学してひと月ほどした頃だった。中学の頃はあれほど受けた物真似が、ここでは誰も反応しなかった。いちばん得意なのは物理の先生の物真似だったが、中学を卒業した今、知っている奴はいない。すべる、ことが何度か続くと、もう人を笑わせるためにおどけてみせるのが馬鹿馬鹿しくなった。それからしばらくして最初のテストがあり、付いた順位は三十一番だった。三十四人中の三十一番。そんな番数がついたのは初めてだった。最初からどうということのない生徒なら感じなくて済んだであろう挫折感を、光は痛切に感じるようになった。劣等感や焦燥感として受け入れる方法もあっただろうが、光は認めようとしなかった。逆にカッコいい一匹狼《いっぴきおおかみ》になることで孤立をすりかえようとした。だから休み時間も放課後も、いつもひとりで過ごした。いつか誰かが「あいつは只者《ただもの》じゃない」とか「人と群れないなんてクールよね」と一目置くはずだと、内心、期待していた。しかし、当然ながらそんな望みは呆気《あっけ》なく打ち砕かれ、高校三年間、友達と呼べる存在は皆無だった。弁当はいつも体育館の裏でひとりで食べ、男らからは変人扱いされ、女の子たちからは無視された。

大学受験は失敗した。一校受かったが大学名を口にすると誰もが一瞬困った顔をするような三流どころだった。

行かない。

光は親に宣言した。

俺は大学なんか行かない。学歴なんかつけたって何の意味もない。俺は自分の力で成功してみせる。

母親は、一浪して来年また受ければいいと泣きながら進学を勧め、父親は、世間はそんなに甘くないと声を荒らげた。どちらにしても、優秀で自慢の息子だったはずの光のあまりの凋落《ちょうらく》ぶりに、ふたりの顔にはありありと失望の色が浮かんでいた。

家を出たのは弾みのようなものだ。光の高校に妹が入学し「おにいちゃんの妹だとバレると恥ずかしい」と言われたのがきっかけだった。子供の頃はいつも光の後を追い回し、寝る時も一緒じゃなきゃ嫌だと駄々をこねるくらいべったり懐いていた妹である。軽蔑の目で見られた時、殺してやりたいと本気で思った。

家を出て小さな工務店に就職した。あの頃、テレビで家をリフォームする番組が流行《はや》っていて、指揮を執る建築家がやけにかっこよく見えた。考えてみれば、子供の頃は図画工作が得意だった。これは自分に向いているにちがいないと思えた。免許は工務店で働きながら取ればいい、と計画をたてた。

工務店は一年たたないうちに辞めた。仕事があんなにきついとは思っていなかった。周りはヤンキー上がりで、アメリカの首都はと聞かれて、堂々と「ニューヨーク」と答えるような頭の悪い奴らばかりだった。工務店の社長は口が悪く「おまえ、女を知ってるのか」なんて下らないことを平気で口にするような人間だった。

自分にはもっと繊細な仕事が合っている。次に選んだのは菓子職人だ。ニュースで日本のパティシエが世界大会で優勝したことを告げていた。ホテルの菓子部門求人広告を見て、これだと思った。何年か修業して、いつか自分の店を持つ。女の子が並び、タレントだって買いに来る。テレビや雑誌に出て、インタビューに堂々と答える姿は、たやすく自分と重なった。上手《うま》い具合にアルバイトとして採用され、最初に任されたのは卵割りだった。盥《たらい》みたいな大きいボールに、とにかく卵を割り入れる。それから半年間、毎日、千個以上の卵を割らされた。指が腱鞘炎《けんしょうえん》になるかと思うほどだった。そのうち、身体のあちこちに発疹《ほっしん》が出るようになった。医者に行くと、卵アレルギーと診断された。その翌日に電話一本であっさり辞めた。

カフェでも働いた。洒落《しゃれ》たカフェのオーナーも悪くないはずだ。いや、やはり手に職を付けるのがいちばん強いと、染物屋で働いたこともある。

とにかく普通のサラリーマンだけにはなりたくなかった。そんなものになったら、何のために大学に行かなかったのか、わからなくなってしまう。光を変人扱いしていた男の同級生や、無視していた女の同級生、失望した両親、軽蔑した妹に「それみたことか」と思われる。自分は人とは違う、誰もが想像してなかった特別な人生を生きるのだ。

仕事はどれもこれも長続きしなかった。辞める時には十分に自分を納得させられるだけの理由があったはずだが、どういうわけか、今はどれも思い出せない。何で辞めたのかわからない。

出版社の社員募集、の広告を見つけたのは、造園店のアルバイトをしていた時だ。樹医という職業をテレビで見ていたく感動したのが動機だったが、実際の仕事は、喫茶店やレストランの鉢植え交換で、腰が痛くてたまらなかった。

出版社の名に覚えがあった。あの頃、どこの家にも必ず置いてあった『少年少女図鑑』を出していた会社だ。他にも『海の生き物・山の生き物』シリーズや『宇宙の不思議』とか『世界の蒸気機関車』などがあった。出版物に加えて通信講座もあって、月に一回プリントが送られて来て、答えを書いて送り返すと、添削されて戻って来る。その時、何かしら言葉が添えてあり、点数よりもそれを読むのが楽しみだった。「頑張ったね！」とか「もうひとふんばりしよう！」とか簡単な文面だったが、見知らぬ相手からのメッセージは、時に、学校の先生よりも励まされた。

ああ、これだ。

目が覚めるような思いで、光は求人広告を眺めた。見知らぬ町の地図を眺めていて、やっと目的地を発見したような感覚だった。以前は、とにかく成功してやるという頑《かたく》なな思いばかりだったが、成功とはいったい何なのか、それがようやく理解できたような気がした。成功とは誰かに感動を与えることだ。人の記憶に刻み込まれることだ。実際こうして、出版社の名前を見たとたん、自分の頭の中にあの頃夢中で読んだ本の表紙が蘇《よみがえ》ったではないか。戻って来たプリントに書かれた文章をリアルに思い出せたではないか。今度は自分が誰かにその感動と記憶を贈るのだ。

面接に出向き、光は今までの自分とは思えないような熱さで、この仕事に就きたいと訴えた。その熱意は出版社側にも通じたらしい。高卒で編集者の経験もなかったが、四人採用の中のひとりに選ばれた。

三ヶ月ほどの試用期間の後、光は上司から「しばらく在庫管理に回ってもらう」と言われた。せっかく編集者という仕事ができると思っていたので食い下がったが「在庫管理も編集者として経験しておくべき仕事だ」と言われ、何も言えなくなった。

あれから二年、光は今も倉庫で働いている。待遇も試用期間の更新を繰り返されている。聞けば一緒に採用された残り三人は社員になり、編集者として働いているという。

今夜も堕天使ヨージとメールが交わされる。

〈ヒカル、見てごらん、満月がすごく綺麗《きれい》だよ〉

〈ほんとね、ヨージ。ワタシのアパートの庭に、この辺りでは珍しいくらい大きな柿の木があるんだけど、ちょうど満月がかかって、すごくロマンチック。あなたに見せたいな〉

もう互いに名前は呼び捨てだ。それくらい親密さが増している。

〈こうして今、同じ月を見ていると思うと、何だかヒカルがすぐ隣にいるみたいに思えるよ〉

〈ワタシも同じこと考えてた。耳元でヨージの息遣いが聞こえてきそう〉

〈こんなこと言うと驚くかもしれないけど〉

〈なに？〉

〈会いたいな〉

〈……〉

〈ごめん、ルール違反だよね。怒った？〉

〈そんなことない、すっごく嬉しい〉

〈じゃあ〉

〈でも、それは無理〉

〈どうして？〉

光はほくそ笑む。もっともっと気分を盛り上げてやる。堕天使ヨージを夢中にさせてやる。せつなくて、恋しくて、湿った手で股間を握り締めさせてやる。盛り上がれば盛り上がるほど、奈落の底は深い。

〈……ちょっと、いろいろあって〉

〈何なの？　悩み事？　僕でよければ相談に乗るよ。いや、何でも言ってよ。僕はヒカルの力になりたいんだ。いつも味方だよ〉

〈嬉しい、あんまり嬉しくて泣けてきちゃう。でも、聞いたらきっとヨージはワタシの

ことが嫌いになる〉

〈そんなことない〉

〈本当に？〉

〈当たり前だろ。何があっても僕の気持ちは変わらない。誓うよ〉

　昨日はカレーで、一昨日は牛丼で、その前はハンバーガーだったから、今日はラーメンだ。

　店に入り、カウンターに座って、醤油《しょうゆ》ラーメンを注文した。カラーボックスに漫画本が入っているが、端が破れ汁が飛んでいて、とても手にする気になれない。自分の方が埃と汗にまみれて、よほど汚れているだろうが、感覚の問題だから仕方ない。光はぼんやりテレビを見る。温暖化で北極の氷が溶けて行き場を失った白くまが映っている。行き場のない人間より、白くまはずっとえらい立場にいる。

「おまちどおさまでした」

　差し出された醤油ラーメンに、光は目を留める。チャーシューがいつもより多い。倍は載っている。醤油チャーシューを頼んだつもりはない、と顔を上げるとアルバイトの女の子がカウンターからわずかに身を乗り出し、小声で言った。

「この間のお礼です」

「え、あ、ああ、そんなのいいのに」

「私の気持ちです」

細い目でニッと笑うと、思いがけず愛嬌《あいきょう》のある表情になった。

〈決心したよ、ヨージ。どうしてヨージと会えないか、それを話すね。驚かないで聞いてね。実はワタシ、今ね、男の人と暮らしているの〉

〈えっ、恋人がいたんだ……〉

〈確かに昔は恋人だった……でも今は違う。ワタシのアパートに強引に住み着いているだけ。それでね、それで……〉

〈どうしたの〉

〈気に入らないことがあると、彼はワタシを殴るの。蹴ったり、髪の毛を引っ張ったりもする。ずっとずっと耐えて来たんだけれど、もう限界。ヨージと出会って、本当の恋が何なのかわかったから。でも、こうしてメールを交換していることがバレたら、彼はヨージに何をするかわからない。それが怖いの。そんなことだけはさせられない。ヨージ、あなたを愛してる。だからもうこれで終わりにしなくちゃいけないの〉

〈何を言ってるんだ、僕が助けてやる。僕だってヒカルを愛してる。もうヒカルのいない人生なんか考えられない〉

〈信じていいの？　その言葉〉

〈何度も言うよ、僕はヒカルを愛してる〉

ここまでやりとりして、光はようやく満足する。堕天使ヨージはすっかりその気になっている。しばらく返事を出さず、ヨージの気持ちをとことん惑わせ、苛々させ、心配を募らせてやる。そして、最後に返信する。

〈バーカ。今までの話はみんな嘘。俺は男だよ。身の程を思い知れ〉

そうやって奈落の底に突き落としてやる。後は着信拒否の操作をして、それで終わりだ。最後のメールを受け取った堕天使ヨージがどんな顔をしてそれを読むか、想像しただけで笑いが止まらなくなる。


「こんにちは」

コンビニで弁当を選んでいるところに声を掛けられ、光は鮭《しやけ》弁当に伸ばした手を止めた。

「あ、どうも」

ラーメン屋の女の子だった。

「お昼ですか？」

「うん、まあ。あ、この間はチャーシューをサービスしてくれてありがとう」

「いいんです。前に間違えたオーダーのを食べてもらったから。あ、どうぞ、お弁当選んでください。私、もう買ったから、店の前にいますね」

「え……」

光は面食らっていた。前にいるってどういうことだ。俺が買うのを待ってるってことか。俺と話したいのか。

レジを終えて店を出ると、女の子は確かに立っていた。

「よかったら、一緒に食べませんか」

光はますます戸惑ってしまう。誘っているのか。俺といたいのか。

近くの公園に行き、木陰のベンチがあいていたので腰を下ろした。互いに膝の上で弁当を開く。女の子は自己紹介をした。本田路子《ほんだみちこ》、二十一歳。光も慌てて自分の名前と年を告げた。

「突然、声なんか掛けてごめんなさい。びっくりしたでしょう。私も図々しいかなって思ったんだけど、勇気を振り絞ったんです」

「いや、別にいいけど」

光はぼそぼそと鮭弁当を口にする。

「あの時、親切にしてもらって、私、すごく嬉しかったです」

親切ってほどのもんじゃない。ちょうど味噌ラーメンにしようかと思っていたところだったし、待ち時間も短縮されて都合がよかったくらいだ。

「私、ドン臭いから、マスターにいつも叱られてばかりで」

「そうなの？」

「前に働いていた会社でもそうでした。仕事が遅くて『もう来なくていい』って言われてクビになりました。派遣だから文句も言えないし、次の仕事もなくて、困っていた時にあのラーメン屋さんのアルバイト募集の貼紙を見たんです」

「ふうん」

「でも、あそこでもあんまりマスターに叱られるから、辞めようって思ってたんです。そしたら、あなたに親切にされて」

いや、だから、親切じゃない。

「もう少し頑張ろうかなって」

「そうか……うん、そうだよ、頑張れよ」

自分でも驚くぐらい光は優しい声で言った。

「また、食べに行くからさ」

女の子の顔がぱっと輝いた。

「ほんとに！　私、毎日待ってます」

「いや、毎日はちょっと」

「それからあの、私、木曜日がお休みなんです。それで携帯電話の番号とメールアドレス、言いますね」

光は慌てて携帯電話を取り出す。登録しながら、やはり戸惑いは続いている。どうしてそんなことを俺に教えるんだ。電話をしろということか。メールが欲しいということか。誘ってくれと言っているのか。

女の子が光の顔を眺めている。

「あ、そうか。僕の番号とアドレスだね」

「いいですか？」

「うん、いいよ」

笑うと路子の一重の目は糸のように細くなる。でも、光にはそれがとても愛らしく見えた。


その夜、堕天使ヨージからのメールは切羽詰まったものだった。

〈ヒカル、どうしたんだ、どうして返事をくれないんだ。毎日、ヒカルのことが心配で夜も眠れない。一緒に暮らしている男に酷《ひど》い目にあってるんじゃないかって、いても立ってもいられない。ヒカル、僕に迷惑をかけちゃいけないなんて思わないでくれ。お願いだから、どんどん迷惑をかけてくれ。ヒカル、愛してる。僕と一緒に新しい人生を生

きよう〉

そろそろだな、と光は思う。ここまでヨージの気持ちが高揚しているとなれば、奈落の底に突き落とすのは簡単だ。返事を受け取ったヨージはどれほど絶望し、己の愚かさを嚙《か》み締めることになるか。

しかし、光は書けなかった。キーボードに指を載せても、用意していた言葉を打ち込むことができなかった。昼に会った路子の無邪気な笑顔が、やけに心に沁《し》みていた。たかがあれくらいのことで光を「親切な人」と信じ込んでいる。この俺を、だ。そう考えると、不思議なことに、自分はもともと親切な人間だったのだと思えてくる。子供の頃、クラスでいじめられていた子を助けてやったこともある。捨て犬を放っておけなくて家に連れて帰ったこともある。横断歩道におばあさんが立っていれば荷物を持って一緒に渡ってやったではないか。そうだ、俺は彼女が言った通り、もともと親切な人間なのだ。

結局、光は返信せず、着信拒否の設定だけした。堕天使ヨージは、しばらく狼狽《ろうばい》するだろうが、時間がたてば星屑のヒカルのことなんて忘れるだろう。メールでどれだけ盛り上がっても、所詮、本名も居場所も顔もわからない相手なのだ。

路子との付き合いはぎこちなく始まった。

メールを交わし、電話を掛け合い、ラーメン屋が定休日の夜にふたりで居酒屋に行った。最初は、緊張してなかなか会話は盛り上がらなかったが、帰りに路子から「また誘ってください」と言われ「じゃあ、来週の定休日に」と答えた。そうやって何度か会ううちに肩から力が抜け、どうということのない話題でも途切れることなく続くようになっていた。

光はあまり酒に強い方ではないが、酔った勢いを味方にするくらいの要領はわかる。夜道で手をつなぎ、暗がりでキスをした。部屋に誘うと、路子は黙って頷《うなず》いた。セックスしながら、初めてだと路子に気づかれたのではないかと、光は恐れた。しかし、初めてなのは路子も同じで、自分の身に起きていることを受け止めるだけで精一杯のようだった。

路子と付き合い始めてから、自分がどんどん変わって行くのを、光は呆気《あっけ》に取られるように眺めていた。こんなにも空はきれいだったか。こんなにも街は色彩に溢《あふ》れていたか。こんなにも毎日は楽しいものだったか。何もかもが今までとは違って目に飛び込んでくる。

それは仕事に対しても同じだった。

「倉庫管理なんてつまんない仕事だよ」

そう言うと、路子は、真面目《まじめ》な顔つきで首を横に振った。

「そんなことない。だって、あなたが段ボール箱に入れた本が本屋さんに届けられて、それがいつか子供たちの手に行き着くんでしょう。始まりの一歩。それって、とても大切な仕事だと思う」

そう言われると、そんな気になった。いつ辞めてやろうか、今までそんなことばかりを考えていたが、今はどうしたらもっと能率よく仕事ができるか、と頭を使うくらいになっている。

その日も、アパートで路子とセックスした。来週にはここを出て、路子とふたり、新しい部屋に引っ越すことになっている。

腹が減ったので何か食べよう、ということになり、外に出た。もう陽《ひ》は落ち、街中は薄ぼんやりした冬の気配に包まれている。アパートの敷地にある大きな柿の木はすっかり葉が落ち、残された朱色の実が凍えるようにぶら下がっている。

大通りに向かって歩いて行くと、名前を呼ばれたような気がして、光は振り返った。男が立っているのが見えた。街灯が背後から当たっているので表情は見えない。男がゆっくりと近づいて来た。そして念を押すように「ヒカル、だね」と尋ねた。

「そうだけど」

答えたものの、男の顔に見覚えはない。二十代半ばの痩せた男だ。紺色のダウンジャケットの肩にフケが散っている。身体全体に不穏な気配をまとわりつかせていた。

「やっと見つけた」

男は呟《つぶや》く。しかし光の名前を口にしながら、どういうわけか視線は路子へと注がれている。

「何の用？　えっと、おたく、誰？」

光は尋ねる。

「散々、探したよ。メールに書いてあったわずかなことを手掛かりにして。ヒカル、もう怖がることはないんだ。僕が助けてあげるから」

男の尋常じゃない様子に怯《おび》えるように、路子が一歩後退《あとずさ》る。

もう光は気づいていた。この男は堕天使ヨージだ。どうしてここに現れたのだろう。そう考えてから、駅前のソフトクリーム店やアパートの庭の柿の木のことを書いたことを思い出した。それが手掛かりになったのか。着信拒否をしてから半年近くもたっているというのに、堕天使ヨージはその間、ヒカルを探し続けていたのか。

「ヒカル、さあ行こう」

路子に向かって、ヨージが手を差し出した。

「ちょっと待ってくれ」

光はヨージの前に立ちはだかった。

「この子はヒカルじゃない」

ヨージの目に暗い光が満ちた。

「今更誤魔化しても無駄だよ。アパートのドアに名前が書いてあった。あの部屋から出て来るのをちゃんと見てたんだ。おまえが、ヒカルの部屋に居座って、ヒカルに暴力をふるっている男だな」

「違う、そうじゃない、今ちゃんと説明するよ。星屑のヒカルっていうのは、この子じゃなくて、あれは俺が……」

男が斜め掛けしていたショルダーバッグに手を差し込んだ。その手に白く光るものが摑《つか》まれているのを、光は目にした。

「おまえなんかに、おまえなんかに、僕とヒカルの仲を引き裂かれてたまるもんか」

男は両手でナイフを摑み、身体を丸めるようにして、光に向かって突進してきた。次の瞬間、熱いものが腹の中に入り込んで来るのを感じた。

「僕たちは愛し合ってるんだ、ヒカルは誰にも渡さない、絶対に渡さない」

薄暗い道に路子の悲鳴が駆け抜けて行く。

「違うんだ……そうじゃないんだ……」

呟きながら、意識が少しずつ遠のいて行くのを、光はぼんやり感じていた。

9　黎子

……誰よりも愛しい男

携帯電話が鳴り出したのは午前一時過ぎで、その時、黎子《れいこ》はプロデューサーの堤《つつみ》とホテルのベッドの中にいた。

「ちょっとごめん」

黎子はサイドテーブルに手を伸ばした。

「何だよ、しらけるなぁ」

不満げに呟《つぶや》き、堤が汗ばんだ身体《からだ》を離す。部屋の乾燥した空気に、黎子の肌がうっすらと粟立《あわだ》つ。液晶画面に表示されている名は、息子の志郎《しろう》だった。

「もしもし」

電話に出たとたん、今にも泣き出しそうな声が耳に飛び込んできた。

「ママ、どうしよう、大変なことになっちゃった」

黎子は慌てて身体を起こした。

「どうしたの、何かあったの？」

「僕が悪いんじゃないんだ。たまたま友達が持ってて、そういうものだって僕はぜんぜん知らなくて、それなのに、このままじゃ僕まで捕まってしまう」

「何を言っているのか、ママ、わかんない。もっとわかりやすく説明して」

「だから、クスリを友達が持ってたんだ」

「クスリ！」

黎子の声が裏返る。

「何なの、何のクスリなの？」

「僕にはよくわかんない。これを吸うと気持ちがハイになるって。違法じゃないって言うから、だから僕も――」

「今、どこにいるの？」

志郎は、黎子も何度か会ったことがある友人の名を口にした。地方の財閥の息子で、それなら付き合うにしても安心だと思っていた。

「そいつんとこのマンションだよ。隣の部屋から通報があったんだって。部屋に警察官が入って来たから、僕は慌ててトイレに籠ったんだ。でも、警察官がドアを叩《たた》いて出て来いって。ねえ、ママ、どうしたらいい？」

黎子は自分を落ち着かせるように唾《の》を呑み込んだ。

「志郎ちゃん、大丈夫よ。ママが付いているからあなたは何も心配しなくていいの。今からドアを開けて、手にしている携帯を警察官に渡しなさい。ママが出て話をするから。わかった？」

「うん……僕どうなるのかな」

「どうにもならないわ。ママが、志郎ちゃんをどうかさせるわけがないじゃない」

「そうだね、わかった」

志郎はようやく安堵《あんど》の声を出し、それから黎子の言いつけ通りにドアを開けたらしい。携帯を通して、志郎と警察官のやりとりが聞こえてくる。怒鳴り声のようにも聞こえて、志郎が怯《おび》えているのではないかとハラハラする。

「もしもし」

やがて警察官らしき人間が出た。

「ご面倒をお掛けして申し訳ありません。私はその子の母親です」

「息子さんが何をしたか、あんた、わかってるのかね。マリファナをやってたんだよ」

老いの感じられる声だった。

「まさか……」と、口では言ったが、マリファナと聞いてホッとしていた。それぐらい米国の大統領も若い頃には吸っていたと告白しているではないか。

「うちの子は気弱なところがあるんです。きっと巻き込まれただけだと思います。大それたことができる子ではないんです」

まだ十九歳なのだから、顔や名前を新聞に晒《さら》されるようなことはない、ということも、すでに頭の中で計算していた。

「親はみんなそう言うんだ。とにかく、これから署に連行するから、そっちの方に顔を出してもらいましょうか」

警察官が所轄警察署の名前を告げ、黎子は「すぐに参ります」と返事をして電話を切った。

「どうした？」

その声に顔を向けると、バスローブを羽織った堤がソファで煙草《たばこ》を吸っていた。

「ちょっとね」

「警察とか言ってたけど、息子さん、何かしでかしたのか？」

「大したことじゃないの」

答えながら、黎子はすでに次のことを考えていた。大したことでないとわかっていても、警察沙汰となれば、やはり簡単にはいかないだろう。何より、志郎が女優・藤代《ふじしろ》黎子の息子とわかれば、マスコミが飛び付いてくる。知られる前に穏便に済ませるためには、どうすればいいのか。すぐにある人物の顔が浮かんだ。そう、あの人なら何とかしてくれる。

まだ何か言いたげにしている堤をそのままにして、黎子は携帯に登録した〈桶谷《おけたに》〉のプライベート番号を呼び出した。この時間だ、たぶん寝ているだろうが仕方ない。コールが七回鳴って、少し掠《かす》れた桶谷の声がした。

「はい」

「あ、先生、私、黎子です。こんな時間にごめんなさい」

「ああ、黎子か。どうした」

非常識な時間の電話だが、桶谷は不機嫌になるどころか、むしろ、久しぶりの黎子からの連絡に気持ちを弾ませているのが伝わって来る。

「ちょっと困ったことが起きたんです。こんなことで先生にご迷惑をお掛けするのは心苦しいんですけど、先生しか頼る人がなくて」

言葉尻に、か弱さと心細さと、今にも泣き出しそうなニュアンスを含める。こんなことぐらい、女優業を三十年もやっていれば、たやすく演じられる。

「何があった」

予想通り、桶谷は黎子に頼られたことに満足そうに言った。

「実は、息子の志郎が――」と、黎子は事の次第を説明した。「どこの警察署だ」と、桶谷は尋ねた。黎子は警察官から聞いた名を告げた。

「わかった。何とかする」

「ほんとに！」

黎子は弾んだ声を返す。そしてすぐさま付け加える。

「やっぱり先生はすごいわ。先生がいてくれて、私、どんなに心強いか。本当にありがとうございます」

「黎子の頼みなら聞かないわけにはいかないだろう。今から車で秘書を迎えにやるから、一緒に署に行きなさい。それまでにうまく話をつけておく。黎子が顔を出すと目立つから、秘書が志郎くんを貰《もら》い受けるよう言いつけておこう。それで、黎子は今、どこにいる」

黎子はホテルの名を口にした。

「おいおい、ホテルなのか。さてはベッドの隣に誰かいるな」

黎子は大げさに否定する。

「まあ、先生ったら悪い冗談ね。今夜はセリフを覚えるのにひとりでホテルに籠ってるんです」

「ほんとかな」

「ひどいわ。疑われるんだったら、秘書の方と一緒に、先生もホテルにいらしてくださいな」

桶谷は豪快に笑った。

「わかった、わかった。まあ、今夜のところは信用してやるさ。また近いうちに飯でも食おう」

「ええ、楽しみにしています。ふたりでゆっくり河豚《ふぐ》でもいただきたいわ」

電話を切って安堵する。これで志郎はすぐに解放されるだろう。

「先生って、あの国会議員の桶谷かい？」

その声に振り向くと、堤がソファでビールを飲んでいた。

「さあ、どうかしら」

「噂《うわさ》では聞いていたけど、本当だったんだ」

「嫌ね、野暮は言わないの。たくさんのお友達の中のひとりよ」

「よく言うよ」

「悪いけど、今夜は帰って」

「何だよー、続きはどうするんだよー」

四十を過ぎているというのに、堤は子供みたいに唇を尖《とが》らせた。

「ごめんなさい。今夜はこんなことになっちゃったから、続きはまた今度」

「しょうがねえなぁ」

堤がのろのろと立ってバスローブを脱ぎ捨て、クローゼットから服を取り出した。

「ねえ、新番組の役、私に決まったと思っていいんでしょう？」

堤は返事を少し濁らせた。

「俺としたらそうしたいんだけど、スポンサーの意向もあるからなぁ」

スポンサーが、歌舞伎役者の家系出身の女優を気に入っていることは知っていた。このところ、ずっとCMに起用していることからも明らかだ。実はそれを聞いたからこそ、一層ライバル心が燃え上がったということもある。それなりの家柄に生まれたというだけで、何の苦労もせずにいい役どころを手にしてのうのうとしている女優くらい、虫酸《むしず》が走るものはない。

「今度、スポンサーとの食事の席を設けてよ。実際に会えば、きっと私を推してくれるはずよ」

着替えの手を止め、堤がちらりと目を向けた。

「寝る？」

黎子は小さく吹き出した。

「馬鹿ね、そんなわけないじゃない、今は堤ちゃんだけ」

「嘘《うそ》つけ」

「とにかく、あの役、私、絶対にやりたいの。だから、ね、セッティング、お願い」

堤は洒落《しゃれ》たストライプのシャツを着て、その上からフラノの上質なジャケットを羽織る。裸だとデブに近い体型だが、金を掛けたファッションに包まれると体格のいい男になる。ノーネクタイがサマになっているところが、いかにもテレビ業界に生きている男といえる。

「わかった、何とかするよ」

黎子はやっとベッドから下りて、全裸のまま堤の前に立ち、その首に両手を回してキスをした。四十五歳になった今も、身体のラインに崩れはなく、肌も潤いを失っていない。

「堤ちゃん、今夜はほんとにごめんね。でも続きを楽しみにしてる」

「本当かよ。女優は口ばっかりの魔物だからなぁ」

と、言いながらも、堤は満更でもなさそうにキスを返した。

堤が帰ると、黎子はざっとシャワーを浴び、化粧と髪を直し、服を身に着けた。いいタイミングで携帯が鳴る。桶谷の秘書からだった。地下駐車場に車を停《と》めて待っているという。黎子はパンプスを履き、バッグを手にし、もう一度鏡に全身を映してから、部屋を出た。

支払いは堤が済ませているので、そのままエレベーターで地下に降りて行く。駐車場に続くドアを開けると、目の前に黒塗りの高級車が停まっていた。運転席から、何度か顔を合わせたことがある私設秘書が降りてきて、事務的な口調で「どうぞ」と後部ドアを開けた。後部座席に身を滑り込ますと、車は静かに発進した。

この秘書の無愛想には慣れている。いつだったか桶谷と食事をした帰り、酔った勢いもあって、桶谷が黎子のスカートの中に手を入れて来たことがある。「あらあら、先生ったら、いけない子」と、やんわり逃げていたが、何も本気で嫌がっていたわけじゃない。焦《じ》らした方が効果的だとわかっていたからだ。案の定、桶谷はすっかり興奮して、覆い被《かぶ》さって来た。その時、運転していた秘書とルームミラーの中で目が合った。怒っているのではなく、妬《や》いているのだとすぐにわかった。彼もまた、黎子に強い関心を抱いている。もちろん、自分の立場を考えれば手が届くはずもない存在だということも知っている。それ以来、秘書は無愛想の中に自分の欲望を押し込めている。

やがて警察署に到着した。駐車場に車を停めると、秘書は「迎えに行って来ます」と低い声で言い、建物の中に入って行った。戻って来るまでに十分もかからなかった。黎子は待ちかねたようにドアを開け、志郎を迎え入れた。

「志郎ちゃん、大丈夫だった？　怪我《けが》なんかしてない？」

「ママ、怖かったよぉ」

志郎が黎子の膝にしがみついてくる。その背中を撫《な》でながら、黎子は愛《いと》しさで胸がいっぱいになる。何があってもこの子は私が守ってみせると、新たな思いが湧いて、それに反応するように乳首と子宮がきゅっと収縮する。他の誰にも感じたことのない、本能にいちばん近いところにある快感だ。

「お宅までお送りします」

秘書が事務的に言って、車を発進させた。


自分が飛び抜けて美しい女ということぐらい、黎子は生まれた時から知っていた。

小さい頃から男の視線に追われるのにも慣れていた。年の近い子供だけじゃない、友達の父親だったり、隣のお兄ちゃんだったり、ただすれ違っただけの男だったりした。

初体験は十四歳で、相手は担任の先生だった。三十過ぎの妻子持ちの担任は、「我慢できない」と言い、「すべてをなくしても構わない」と黎子の前に跪《ひざまず》いた。自分の存在がひとりの男を狂わせてゆくのを、黎子は冷静に眺めていた。担任は教壇の上でいつもおどおどしていた。黎子が見つめると緊張で表情が硬くなり、黎子が退屈そうに窓の外を眺めていると、横顔に熱い視線を感じた。担任とのセックスは悪くなかったが、夢中になるほどでもなかった。遠くのラブホテルにまで行かなければならないのは面倒だったし、お小遣いも少ししか貰えなかった。卒業してからも会いたいと、担任は懇願したが、「つきまとったら警察に訴える」と、あっさり切り捨てた。

高校に進学して、しばらくした頃、渋谷の本屋でスカウトされた。この手の相手に声を掛けられるのは慣れっこだったが、男は「うちはちゃんとしたプロダクションで、決して怪しいところではない」と言った。名刺に印刷された社名には見覚えがあったし、所属するタレントの名前を聞くと結構売れっ子だったので、やっと当たったと思った。家に帰って母に告げると、「やりなさいよ」との反応だった。「お金になるんでしょ」とも言った。父親はチンピラで、黎子がまだ歩き始める前に肝硬変で死んでいた。母はスナックに勤めていたが、とにかくお金に窮する生活だった。あの時の母にとっても黎子にとっても、スカウトは渡りに船だった。

翌日、プロダクションに電話して、二日後に事務所を訪ねて社長と会い、その三日後には正式採用の知らせがあり、さらに四日後には、芸能人ばかり通う高校に転校の手続きをした。何もかもがあっと言う間だった。

デビューは半年後、映画の端役だったが、クランクイン直後に主人公の妹役の女優が急病で役を下りることになり、黎子が抜擢《ばってき》された。映画は大ヒットして、黎子も世間から注目されるようになった。その後、とんとん拍子でテレビドラマの役を貰い、そのドラマが視聴率を取り、それから二年ほどで主役の座を得られるようにまでなった。順調すぎるくらいスターへの階段を上っていった。

黎子の、男たちからの支持は絶大だった。いつもいつもファンに追いかけられた。しかし、女たちには人気がなかった。黎子は自分がどうやら女たちから本能的に警戒心を抱かれるタイプの女優だと知ることになる。それは想像以上にマイナスに作用した。あれほど人気を誇っていたのに、少しずつドラマの視聴率が取れなくなっていた。自分に転換期が訪れていることを、黎子は感じ取っていた。

二十四歳で結婚したのは、そんな状態が影響したこともある。相手は出版社に勤める普通のサラリーマンで、黎子の写真集を出版することがきっかけで知り合った。恋愛感情は確かにあったが、その時、黎子がいちばんに考えたのは「今の自分が普通のサラリーマンと結婚することのメリットとデメリット」だった。黎子ぐらいの女優なら、テレビ局の大物ディレクターや、医師や弁護士、資産家の御曹司を手に入れることも容易である。それが普通のサラリーマンとの結婚だ。もしかしたら、これで女たちから受け入れられるのではないかと黎子は踏んだのだ。何だかんだ言っても、芸能界は女の視聴者のものだ。女たちに嫌われたら、女優として生きて行けない。

もちろん、サラリーマンとなれば稼ぎなどたかがしれてる。収入は黎子の十分の一以下だ。もし自分の目論見《もくろみ》がはずれたら、スカを摑《つか》んだも同然ということになる。

しかし、黎子は賭けに勝った。女たちは黎子の選択を見て「さほど嫌な女ではないらしい」と考えるようになった。そして一年後、志郎を産んだ時にはもう「こちら側の女」として受け入れるようになっていた。

出版社のサラリーマンとは、五年で離婚した。あの時、記者会見のテレビの前で、涙を堪《こら》えながら「私は妻失格です。忙しさのあまり、家事も主人の世話にも手がゆき届きませんでした。愛想を尽かされても仕方ないと思っています」と告白すると、多くの女たちは「どうして掃除や洗濯を妻ばかりがしなくちゃいけないの」と、自分の鬱憤《うっぷん》と重ね合わせて黎子の肩を持った。

　その後、N局の大河ドラマに出演したことで、役幅は一気に広がった。映画に出演し、舞台を経験し、何度か賞を受け、好感度ナンバーワンの座に輝いた。四十五歳になった今では、まぎれもなく一流女優というポジションに立っている。

　かつての夫はどうでもいいが、感謝していることがひとつある。志郎を授けてくれたことだ。陣痛は辛《つら》かったが、生まれた志郎を胸に抱き、乳を吸う思いがけない力強さと、黎子を見上げる濡《ぬ》れた無垢《むく》な目を見た時、今まで経験したことのない幸福感が身体に満ちていった。自分より愛しい存在を認識したのは初めてだった。今もって、どんな男と寝ても、どんな大役を手に入れても、それに勝るほど心を震わせるものはない。

　めずらしく時間があいたので、今日は志郎と一緒に銀座に買い物に出た。

　黎子は志郎を連れて出歩くのが大好きだ。顔立ちも体型も、黎子と父親のいいところを全部備えていて、そんじょそこらの俳優よりも人目を惹《ひ》く。実際、デビューさせないかという話も貰っている。ただ芸能界の中で、男優がいかにプロデューサーやスポンサーに媚《こび》を売っているか、黎子はよく見てきている。もちろん女優だって同じだと言えるが、女優は自分を武器として使うことができるが、男優の場合、ある意味、道具にされる。男の、力ある者にへつらう姿ほどみっともないものはない。もし、志郎が芸能界に入ることがあったとしても、黎子というバックアップがあるのだから、ぞんざいな扱いを受けることはないだろうが、つまりそのためにも、自分は常に一流女優でなければならない、ということだ。

つい先日、志郎は二十歳《はたち》を迎えた。その誕生日プレゼントとして贈った黒のポルシェに乗って、ふたりで有名ブランドのショップに行った。

店員が蠅《はえ》みたいに手をこすり合わせながら迎えに出てくる。

「ブーツとコートを見せてもらえるかしら」

すぐに奥のＶＩＰルームに案内され、目の前にショップにあるすべてのブーツとコートが並べられる。それを時間をかけてゆっくりと選び、三足のブーツと二枚のコートを買った。それで買い物は終了したはずなのだが、ついバッグやらストールやらに目が行ってしまう。

「あら、それ、いいわね。新作？」

「今日、入荷したばかりでございます。どうぞお試しください」

黎子はストールを肩に掛け、バッグを手にする。

「ねえ、志郎ちゃん、どうかしら？」

うまく説明できないが、志郎の前だと、つい欲しくないものまで買ってしまいたくなる。たぶん志郎に「ママ、いけないよ、無駄遣いだよ」と、たしなめられたいのだと思う。黎子にそんなことが言えるのは志郎だけだ。もし、志郎以外の誰かに言われたら、黎子は絶対に食って掛かる。「私の稼いだお金で買うんだから、とやかく言わないで」

「そうね、今日はよしておくわ」

それでいて、志郎にねだられると何でも買い与えてしまう。今日も、靴とシャツを買ってやった。ふたつで二十万と少し。二十歳の大学生には分不相応かもしれないが、黎子はぜんぜん気にならない。

世の中では、子供に贅沢《ぜいたく》なものを与える親を過保護と呼ぶようだが、いいものは、子供の頃から覚えさせなければならないと黎子は思っている。いいものを知っているからこそ、二流品との違いがわかる。だから、志郎には小さい時から、食べる物も持ち物も、すべて一流品を与えてきた。そして黎子の期待通り、志郎はちゃんとモノを見極める目を備えた男に育っている。

買い物を終えた後は、レストランで食事をした。顔が知られていることもあって、いつもは必ず個室を用意してもらうのだが、志郎と一緒の時はフロアの席に座る。他の客が黎子を見つけ、その若さと美しさに感嘆した後、必ず「あの若くて素敵な彼は誰？」と興味津々の目を向ける。それが、自分の息子であることに、黎子は自分でも信じられないほど恍惚《こうこつ》とする。

「どう？　学校の方は」

ワイングラスを口にして、黎子は尋ねる。

「今度、スペインにサッカーを観に行こうって計画があるんだ」

志郎が巧みな手つきで美しいテリーヌを口に運ぶ。

「あら、いいわね。ママも行きたいくらい」

「だったら、いつかふたりでイタリアに行こうよ。サッカー観て、おいしいもの食べて、ショッピングして」

「素敵、ママ、イタリア大好き」

こんなふうに、ふたりでどうということのない、それでいて心弾む会話を続ける。もちろん、この間のつまらない事件のことなど口にもしない。志郎は時折、ソムリエを無視して黎子のグラスにワインを注いだり、黎子のパンに手を伸ばしたりする。無作法すらも志郎がするとサマになる。何と美しく優しい子に育ってくれたのだろうと、その一挙手一投足に黎子はうっとりする。

確かに、子供の頃から志郎は何かとトラブルを引き起こしてきた。

五歳になる前に離婚して、その頃はまだ母が健在だったから面倒を見てもらえたが、小学校五年生の年に母が他界し、それからシッターに来てもらうようになったのだが、その頃から情緒が不安定になった。原因はわかっている。すべて黎子がそばにいないという寂しさからだ。

万引き、暴力行為、オートバイの無免許運転、喫煙、飲酒――その度、学校から呼び出しがかかった。学校の教師なんかと話しても無駄だが仕方がない。志郎から事情を聞けば、いつも周りの友人が、性格のいい志郎を巻き込んで引き起こした事件ばかりだった。結局、母親が有名な女優ということで利用しようというのである。自分のような母親を持ったことで、却《かえ》って志郎に肩身の狭い思いをさせてしまったことを、黎子はずっと心苦しく思ってきた。被害者は志郎の方なのだ。トラブルが起きるごとに、そんな卑劣な友人たちと引き離すために転校させた。

ただ、あれは高校二年の時だったか、娘がレイプされたと父親に怒鳴り込まれた時は、さすがに愕然《がくぜん》とした。それも、黎子と志郎が住むマンションで起きたというのである。

志郎を問い詰めると、泣きながら言った。

「レイプなんかじゃない。彼女は自分から服を脱いで、僕に迫って来たんだ」

ああ、やっぱり、と、黎子は頷《うなず》く。そうだと思っていた。考えてみればすぐにわかるではないか。女の子はひとりでマンションに来た。つまり、最初からそのつもりだったのだ。それに志郎は女の子にモテる。レイプするほど相手に飢えているはずがない。しかし相手の父親が「告訴」という言葉を持ち出したので、弁護士と相談し、仕方なく五百万の慰謝料で和解することにした。これも志郎の母親があの女優の黎子だと知って、金を引き出せると踏んだのだろう。レイプもまた、黎子という存在があったから起きた事件であって、結局は志郎を傷つけることになってしまった。

目の前に座る志郎を眺めながら、ふと、かつてインタビューを受けた時のことを思い出す。

「お話を伺っていると、息子さんはまるで恋人のようですね」

と、あの時、インタビュアーは少々揶揄《やゆ》を込めて言った。

黎子は笑って返したが、内心では何もわかっちゃいないと呆《あき》れていた。恋人なんかじゃない、ありうるわけがない。志郎は恋人以上の存在だ。そうとしか言えない。だって、この世の中でセックスできない只《ただ》ひとりの男なのだから。


その夜、携帯電話が鳴り出したのは午後十一時過ぎで、その時、黎子はスポンサーとホテルのベッドの中にいた。

「鳴ってるよ」

スポンサーが耳元で囁《ささや》く。

「いいの」

黎子はスポンサーの背に手を回す。だらしなく緩んだ男の身体の下で、黎子は精一杯の喘《あえ》ぎ声を演出する。

堤がセッティングした食事会のあと、ホテルの会員制のバーでふたりで飲んだ。スポンサーは、黎子の美しさにすっかり舞い上がっていたが、部屋にどう誘えばいいのか頭を悩ましていた。黎子はさりげなく「一度、このホテルのスイートルームを見てみたかったの」と、告げると、慌てて部屋をチャージしに行った。

ありふれたセックスを終えて、スポンサーは田舎《いなか》の少年のように照れながら言った。

「あの役は、あなたにやってもらうよ」

「ありがとう、決して後悔はさせないから」

世の中には、三種類の人間がいる。男と、女と、女優だ。自分は女ではない。あくまで女優である。黎子はそれを生まれた時から知っている。

スポンサーを残し部屋を出たところで、そう言えば携帯が鳴っていたことを思い出し、バッグの中から取り出した。マネージャーからだった。折り返し連絡を入れると、あわてふためいた声がした。

「ああ、黎子さん、やっとつかまった」

「どうかしたの？」

「実はさっき、知り合いの芸能レポーターから連絡が入って、志郎くんが――」

次にマネージャーが口にした言葉に、黎子の携帯を持つ手が小刻みに震えた。

「まさか……ほんとうなの、ほんとうに志郎が覚醒剤で逮捕されたの？」

「そのようです。尿検査も陽性だったそうです」

覚醒剤となれば、マリファナとは犯罪の質が違う。

「嘘よ、信じられない、志郎ちゃんがそんなものに手を出すはずがない」

「本人も使用を認めているそうです。すでに記者にも知れ渡って、明日のスポーツ新聞に名前も顔写真も載るとのことです」

「そんな、だってあの子はまだ……」

言ってから、ついこの間、二十歳の誕生日を迎えたことを思い出す。

「明日は記者会見ということになると思うんです。これから、その打ち合わせをさせていただきたいんですけど」

「待って、桶谷先生に連絡するわ」

頼れる相手は桶谷しかいない。桶谷なら今回もきっと何とかしてくれる。しかし、マネージャーは静かな口調で制止した。

「黎子さん、志郎くんはもう逮捕されているんです。明日には新聞にも載ります。いくら国会議員の先生でも握り潰すことは無理でしょう」

「そんな……」

どうしていいかわからない。頭の中に泡が詰まってゆくようだ。

「じゃあ私は、私は――」

黎子は叫んだ。

「誰と寝ればいいの！　いくらお金を出せばいいの！」

電話の向こうで、マネージャーが黙り込んだ。

愛しい志郎、可愛い志郎。

あなたのためだったら、ママは何でもできる。

「言ってよ、誰とでも寝るから、いくらでもお金を出すから」

天井からエアコンディショナーの風が降り注ぎ、黎子の指先が冷たく強張《こわば》ってゆく。

10 妙子

……ふたりの世界

「では、あちらさまは、結婚を前提にお付き合いしたいとおっしゃってるのよ」

妙子《たえこ》はぼんやり話を聞いている。

椅子がふたつとシャンプー台がひとつという、下町の小さな美容室である。鏡の前にはガラスケースに入った造花が飾ってあり、ワゴンに並んだブラシや櫛《くし》、カーラーもドライヤーも、ほとんど骨董品《こっとうひん》と呼んでいいものだ。来店する客は、町内のおばあちゃんと呼ばれる世代で、カットとパーマネントと毛染めにやってくる。みな何年も前から髪型を変えることはなく、妙子はどうするか何も言われなくてもすぐに仕事を始められる。

「どう？　妙ちゃん。悪い話じゃないと思うのよ」

店のオーナーであるママは言う。

「はい……」

妙子は曖昧に頷《うなず》く。窓の外はもう暗い。営業時間は終わっている。ふたりが座る待合《まちあい》のベンチには、ママ手作りのパッチワークの座布団が敷かれている。今日、来店したのは三人だけだった。

「とりあえず、お付き合いだけでもしてみたらどう？」

ママは積極的だ。というのも、年内いっぱいでこの美容室を閉めることになっているからだ。ママももう七十を過ぎ、腰や膝にガタがきていて、立ち仕事がすっかり辛《つら》くなった。ご主人もすでに退職されていて、ふたりの年金で何とか暮らせるとのことで、心を決めたようだった。

しかし気懸《きが》かりなのは、この店で十年近くも働いてきた妙子の身の振り方だ。知り合いの美容院に口をきいてくれたようだが、どこも人手は足りているとのことだった。駅前の若い人向けの美容室なら繁盛しているので何とかなるかもしれないが、おばあちゃん世代ばかりを相手にしてきた妙子には最近の技術がまったく身についていない。それに、美容師を目指す若い子たちはごまんといて、半端なキャリアと三十六歳という年齢では、どこからもいい返事はもらえないのはわかっていた。

そんなわけで、ママは仕事の代わりに、結婚相手を紹介してくれたのである。

「ねえ、どう？」

先日会った飯田俊夫《いいだとしお》の顔を、妙子は思い浮かべてみる。四十四歳で初婚。小さな自動車整備工場を経営している。軌道に乗ったら所帯を持ちたいと思っているうちに、こんな年になってしまった、とのことだった。まじめそうな人、というのが第一印象だ。ハンサムとは程遠いが、物言いや仕草に人のよさが感じられた。どこか自分に似ている、という気もした。妙子も、美容師という職業に就き、女ばかりを相手に仕事をしているうちに、気がついたら独身のままこの年になっていた。

もともとは印刷会社の事務員をしていた。高校を卒業して就職したのだが、四年後には倒産してしまった。その時、手に職を持てば食いっぱぐれることはないと思い、アルバイトをしながら専門学校に通い、資格を取得した。最初に勤めたのは、住宅街の中にある洒落《しゃれ》た美容室だった。初日から馴染《なじ》めず、じきに年下の先輩美容師たちから「愚図」とか「ブス」とか言って邪険にされるようになった。結局、クビ同然の形で、三年で辞めなければならなくなった。それから情報誌で、この下町の美容院の募集を知って働き始めた。あれからもう十年がたったのだと、今更ながら驚いてしまう。

この美容院が閉まるとなれば、また新しい勤め先を探さなければならない。新しいオーナー、新しい客、新しい機材、新しい技術。それを考えると、妙子自身、ため息がもれる。

「無理強いするつもりはないんだけど、私も妙ちゃんがお嫁に行ってくれたら安心だから」

それはママの偽らざる気持ちだろう。有難い、と、妙子も素直に思う。何を迷うことなどあるだろう。結婚は、今の窮地を救ってくれるオールマイティの切り札になってくれるはずだ。

「よろしくお願いします」

妙子は小さく頭を下げた。

「いいの？」

ママの声が、安堵《あんど》で明るく跳ねる。

「こんな私でよかったら、お付き合いさせていただきます」

「ああ、よかった。それ聞いてほっとしたわ。じゃあ、あちらさまにはそう伝えるわね」


アパートに着くのは、いつもだいたい八時過ぎになる。

今夜は後片付けの後、ママと話したり、スーパーに寄ったりしたので、九時を回っていた。鉄製の階段を登って、二階にある部屋の前に立ち、鍵を開けて「ただいま」と声を掛ける。部屋に明かりはなく、壁のスイッチを押すと、蛍光灯が瞬《また》きしながら点灯した。妙子は形ばかりのキッチンの流し台に買い物袋を置き、六畳の居間に入って、その奥に続く四畳半の襖《ふすま》を開けた。ベッドに人の形をした盛り上がりが見えた。

「倫太郎《りんたろう》」

声を掛けたが、返事はない。もう、眠ってしまったのだろう。倫太郎はいつも寝るのが早い。仕方なく襖を閉め、キッチンに戻って豆腐や葱《ねぎ》や卵を冷蔵庫にしまった。それからチャーハンと味噌汁《みそしる》の夕食を作り、ひとりで食べた。

その後は、お風呂に入って、少しテレビを見て、ベッドに潜り込んだ。狭いベッドなので、先に寝ていた倫太郎とどうしても身体《からだ》が密着してしまう。倫太郎は全裸だった。その肌は滑らかで、とても男の身体とは思えないくらい手触りがいい。ふとペニスに指を伸ばすと、大きく勃起していた。

「やだ、ここは起きてる」

妙子は笑って、倫太郎のペニスを触り始めた。当然気づいているはずなのに、倫太郎はそれでも寝たふりを通している。そうしているうちに、だんだんと、妙子の方に欲望が湧き上がって来た。

「ねえ、倫太郎、したい」

でも、相変わらず倫太郎は寝たふりを続ける。仕方なく、妙子は身体を起こし、倫太郎の上に馬乗りになった。ヴァギナは十分に潤っている。妙子は手でペニスを支え、自分のそこを当てて、ゆっくり身体を沈ませた。

わずかな違和感の後、ペニスが奥深くに辿《たど》り着く感触があった。ああ、と妙子の唇からため息が零《こぼ》れ落ちる。倫太郎のペニスは素晴らしい。どんな時でも、妙子を裏切ったことはない。妙子は自ら動き始める。髪と乳房が揺れる。快感に耐えられなくなって、ああ、ああ、と喘《あえ》ぎ声が部屋を埋め尽くしてゆく。その瞬間を迎えた時、妙子は自分が別の生き物になったような気になる。

倫太郎とは二年ほど前、ネットで知り合った。

暇に任せて、あちらこちらのページを覗《のぞ》いていて、そこに行き当たったのだ。名前は白鳥《しらとり》倫太郎、二十六歳。身長百七十五センチ、体重六十三キロ。何だか漫画のヒーローみたいだなと思った。プロフィール欄には顔写真も載っていて、整った目鼻立ちと、優しそうな笑顔が印象的だった。妙子は一目で倫太郎が好きになった。メールを送ると、すぐに「気に入っていただけて嬉《うれ》しいです」との返事があった。何度かメールのやりとりをしているうちに、尋ねられるまま住所を教えてしまった。その一週間後、アパートのチャイムが鳴った。そして、それ以来、倫太郎はここに住み着いている。

認めたくはなかったが、恋人も友達もなく、美容室とアパートの往復だけの毎日は、頭がおかしくなりそうなくらい孤独だった。倫太郎の出現は、妙子をどれだけ幸福にしてくれただろう。いつも優しい笑顔で話を聞いてくれ、ベッドではとろけるほどに満足させてくれる。倫太郎がそばに居てさえくれればいい。他には何もいらない。その思いだけで暮らして来た。

でも、二年たった今、状況はすっかり変わってしまった。

この先、職を失ってしまうかもしれない。倫太郎のことは愛《いと》しいが、妙子にも生活がある。何しろ、倫太郎は引きこもりのようにアパートから一歩も外に出ない。妙子が買って来た服を着て、妙子が洗ったシーツで眠る。このままだったら、働かない倫太郎の面倒を一生みてゆかなければならないだろう。とてもそんな自信はなかった。倫太郎は自分には不釣合いなほど美しく、優しく、性的にも文句の付けようがない男だが、そろそろけじめをつける時が来たようだ。そのことを、妙子はようやく真剣に考えるようになっていた。

見合い相手、飯田俊夫との付き合いは順調に進んだ。

デートももう五回した。夕食がてら居酒屋で食べて飲む、という程度のものだが、家から出ない倫太郎と違って、そのこと自体が新鮮だった。最初はぎこちなかった会話もだんだんと弾むようになっていた。飯田の両親はすでに亡くなっていて、面倒な嫁《よめ》姑《しゅうとめ》の煩わしさがないところも安心だった。妙子の方は両親ともに健在だが、今は都下で兄夫婦と暮らしている。心配の種は独り身の妙子のことだけで、この縁談を聞いたらさぞかし喜んでくれるだろう。

今夜も、ふたりで居酒屋に行き、十一時少し前にアパートの前まで送ってくれた。

「ありがとうございました。またすっかりご馳走《ちそう》になってしまって」

「いや、いいんだ」

何となくだが、飯田が部屋に入りたがっているように思える。でも、それはできない。部屋には倫太郎がいる。

「あの、じゃあまた今度」

「電話するから」

「はい、おやすみなさい」

「おやすみ」

言ってから、飯田は薄暗がりの中で、顔を近づけてきた。キスされる、と思った。倫太郎以外の男とキスをするのは初めてだ。後ろめたさで身体が硬くなった。それでも拒否することはできなかった。

唇を離してから、飯田は「僕と結婚してください」と言った。予期していたはずなのに、妙子は何だか頭がぼうっとしてしまい、うまく答えられずにいた。

「返事は次に会う時に。いい返事を待ってるから。じゃあ」

飯田は気持ちのいい余韻を残して、車を拾える大通りに向かって歩いて行った。

「話があるんだけど」

部屋に入って、倫太郎が眠るベッドの前に立ち、妙子は言った。

「起きてくれないかな」

それでも倫太郎は起きようとしない。

「ねえ、ちょっとこっち来て、ちゃんと話したいの」

痺《しび》れを切らし、妙子は布団をひっぱがすと、強引に倫太郎を居間に連れて行った。六十三キロある身体はさすがに重い。

「あのね、急な話で驚くかもしれないけど、このままじゃ私たち、どうしようもないと思うの」

倫太郎は戸惑うように妙子を見つめ返している。

「だって、倫太郎はこれからも働くつもりはないんでしょう。恩を着せたくはないけど、二年間、ずっと面倒をみてきた。でも、もう限界。美容院も閉まることになったし、次の就職先のアテもないの。だから、倫太郎の面倒ももうみられないの。勝手なことを言うって思うかもしれない。でも私たち、そろそろ終わりにした方がいいと思う。もう、それしか方法がないの」

座椅子に座った倫太郎は、黙ったまま妙子の顔を見ている。瞳は悲しげな翳《かげ》りを帯び、その美しさに、妙子はふと目を逸《そ》らせなくなる。たまらず「今のはみんな嘘《うそ》！」と叫んで、その胸の中に飛び込みたくなる。でも、だからと言って、何が変わるだろう。何も変わりはしない。妙子より倫太郎は十歳も年下だ。これからも働くことはない。最初から将来など見つけられない相手だったのだ。

「出て行って、お願いだから」

妙子はひとりごとのように繰り返した。


翌週のデートで、妙子は飯田のプロポーズを受け入れた。飯田は照れ臭そうに「ありがとう」と答え、「近いうちに、妙子さんのご両親に挨拶に行かなきゃな」と言った。

妙子の胸の中に、今まで感じたことのない安堵が広がって行った。自分以外の誰かに、自分のすべてを委ねられるということ。将来を共有できるということ。私はこの人と結婚する、それが実感として身に沁《し》みた。

そろそろ飯田をアパートに招き入れるのが自然だろう。それはわかっているのだが、倫太郎はまだ出て行っていない。妙子は「ごめんなさい、部屋が散らかっているの。また今度」と、誤魔化した。飯田は残念そうな顔をしたものの、それ以上食い下がったりはしなかった。

アパートに入ると、倫太郎はいつものごとくベッドで眠っていた。

「わかってるんでしょ！」

妙子は叫んだ。

「いったい、いつになったら出て行ってくれるの」

布団をめくると、寝ているとばかり思っていた倫太郎が目を開けていた。その目は潤み、泣いているように見えて、妙子は思わずベッドの端にへたりこんだ。

「ごめん、倫太郎。私、ひどいこと言ってるね。でも、もうこうするしかないの。ね、お願いだから、わかって」

妙子は倫太郎の髪に手を当てた。その手に促されるように、ようやく倫太郎はゆっくりと、でも大きく頷いた。

「倫太郎……わかってくれたのね」

答える妙子も涙ぐみそうになった。

プロポーズを受けたと、美容室のママに話すと、諸手《もろて》を挙げて喜んでくれた。両親は、信じられないといった様子で、電話の向こうで「間違いないのか」「本当なのね」と何度も同じ言葉を繰り返した。

問題は倫太郎だった。了解したはずなのに、まだ部屋から出て行こうとしない。今日は飯田とのデートで、部屋に招き入れることを約束している。だから、朝からしつこく「今夜だけ、どこかに泊まってきて」と言い聞かしたし、倫太郎も頷いたはずである。

しかし念のため、飯田を階下に残して先に部屋に入ると、ジャージ姿の倫太郎が、朝の姿のまま居間の座椅子に座っていた。

「どういうことなの、今夜は外に出てるって約束してくれたでしょう！」

強い口調で言っても、倫太郎は困ったように黙り込むだけだ。階下では飯田が待っている。あまり待たせたら不審がられる。焦った気持ちで「ここに入って」と、倫太郎を引摺《ひきず》るようにして押入れの中に押し込んだ。

部屋に倫太郎の痕跡がないことを確かめてから、妙子は飯田を招き入れた。飯田はおずおずと、それでも興味津々の表情で部屋に入って来た。

「散らかってて、ごめんなさい」

「いいや、そんなことぜんぜんないよ」

飯田はついさっきまで倫太郎が座っていた座椅子に腰を下ろした。それから、物珍しそうに周りを見回した。窓に掛かった黄色のチェックのカーテン。中型テレビと古い型式のビデオデッキ。カラーボックスを横に置き、その上にはランプやミニグリーンやレースカバーのついたティッシュ箱が置いてある。もともとあまり飾り立てる方ではないが、飯田にしてみたらいかにも女のひとり暮らしらしく見えるのだろう。

しかし、そんなことより、妙子は、いつ何時、倫太郎が押入れから出てくるか、そればかり考えていて気が気ではなかった。

「コーヒー淹《い》れるね」

「うん」

飯田から離れる時は、いっそう緊張する。倫太郎にその気はなくても、物音をたてたりくしゃみをしてしまうかもしれない。もし飯田が、妙子の知らぬ間に押入れを開けたらどうしよう。

急いでコーヒーを淹れ、カップを手にして居間に戻った。

「どうぞ」

「ありがとう」

飯田がコーヒーをすする。

「それで、結納《ゆいのう》と式なんだけど」

と、言われて、妙子は狼狽《ろうばい》した。

「あ、はい」

「もう年も年だし、あんまり派手なことはしなくてもいいかなって思ってるんだ。もちろん、妙子さんの希望を最優先にと考えているけど」

「いえ、私もほんの身内だけで簡単にって思ってます。友達もいるわけじゃないし」

妙子はどぎまぎしている。この会話はすべて、倫太郎の耳に届いているはずだ。

「じゃあ今度、妙子さんのご両親に挨拶に行った時、そういうふうに伝えるね」

「はい、お願いします」

「お正月はふたりで一緒に迎えられるようにしたいな」

それまで、三ヶ月しかない。

「僕の方はいつでも越して来てもらって構わないんだ。これから少しずつ、ふたりで荷物を運ぼうか」

「ええ……」

押入れの中で、この話を耳にしながら、倫太郎は何を考えているだろう。今にも襖が開いて「僕はどうなるんだ！」と飛び出してきそうな気がした。そんなことになったら、すべてが台無しになる。

二十分ほど滞在した後、「じゃあ、僕これで」と、飯田が会話を切り上げた。

「はい」

慌てて立ち上がろうとすると、妙子を引き寄せ、飯田は唇を重ねてきた。前よりもずっと性的な欲求がこもったキスだった。

「今度は……」

飯田が耳元で囁《ささや》く。

「今度は、隣の部屋に行きたいな」

それが何を意味しているか、もちろんわかっている。

「ええ」

妙子は応えつつ、最後まで、押入れから目を離すことができなかった。

その夜、倫太郎に再び言いきかせた。

「話はみんな聞いたでしょう。だったら、もうどういうことかわかったよね。私は、今日ここに来た人と結婚するの。だから倫太郎の面倒はもうみられないの。お願い、ここから出て行って」

倫太郎は殊勝な顔つきでうなだれている。

でも、妙子はわかっている。何を言っても倫太郎はここを出て行かないだろう。二年、一緒に暮らしたが、その間、この部屋に引きこもったままだった。誰かと連絡をとった形跡もないし、友達がいるわけでもない。倫太郎には行く当てなどどこにもない。私しか、いないのだ。

愛しさと憎しみが、妙子の身体の中で捩《ねじ》れてゆく。永遠に手元に置いておきたい欲求と、このまま寄生され続ける鬱陶《うっとう》しさがないまぜになってゆく。そして、それは妙子を激しく欲情させ、同時に凶暴さを呼び起こした。

「倫太郎……」

妙子は近づき、そのまま倫太郎をカーペットに押し倒した。下腹にペニスが当たる。すでに大きく勃起している。倫太郎はいつだって勃起している。妙子が欲しいと思う時、倫太郎が不可能だったことはない。

ああ、そうだった。妙子はようやく思い出す。倫太郎は私とこうするためだけにここに来た。それ以外、何もできないのだ。そして何も求めてもいけないのだ。妙子は自らショーツを脱ぎ捨て、倫太郎のジャージのズボンを下ろした。そして、いつものように馬乗りになり、深く腰を沈めた。

唇から液体のようなため息がもれる。何という快感。すべてがどうでもよくなってしまうような瞬間。この二年間、こうして倫太郎と存分にまぐわってきた。世の中のことなどみんな忘れてふたりだけの世界に身を委ねてきた。きっと私のヴァギナは、倫太郎のペニスと同じ形になっている。

でも、これが最後。妙子は胸の中で呟《つぶや》く。さよなら倫太郎。どんなに愛しくても、もう、あなたをここに置いておけない。

妙子は倫太郎の首に手を掛けた。指に力を込めると、弾力ある皮膚に爪が食い込んだ。それだけでは足りない気がして、中腰になり、体重をかけて更に力を込めた。倫太郎はまるでもともと死んでいたかのように、それを静かに受け入れた。

三ヶ月が過ぎた。

そのニュースが流れたのは、飯田と結婚して正月を迎えた後の、仕事始めの五日だった。サイドボードの上には、表面が乾燥して少しヒビが入った鏡餅がのっている。

朝食の準備をしていると、飯田が「ちょっと見てみろよ、笑うから」と、声を掛けてきた。妙子は味噌汁に入れる豆腐を切る手を止めて、テレビに顔を向けた。

「では、奥多摩《おくたま》の道路沿いの林の中で見つかった男性のバラバラ死体というのは、人間じゃなかったわけですか」

女性コメンテーターが呆《あき》れたように言った。

「人騒がせなことに、これが人形だったんです。とても精巧に作られた人形だったそうです」

アナウンサーが真面目《まじめ》な顔で答えている。

「まったく、何のためにそんなことを」

すると、もうひとりのお笑い芸人のコメンテーターが、品のない笑みを浮かべた。

「それ、ダッチハズバンドじゃないの」

「ダッチ……？　何ですか、それ」

女性コメンテーターが聞き返す。

「やだなぁ、ダッチワイフの男性版。寂しい女の人の夜のお供に……」

アナウンサーが慌てて言葉を遮った。

「えーっと、朝の番組ですから、その話題はこの辺で。次は芸能ニュースです」

画面が変わって、女性歌手が映し出された。

「世の中には、とんでもない女がいるもんだな。そんなものを山の中に捨てるなんて」

飯田が声を上げて笑っている。

「ほんとね」

妙子は頷き、再び豆腐を切り始める。

あの時の、指先に残る感触が蘇《よみがえ》ってくる。首を絞めたものの、六十三キロの身体は、妙子にはどうやっても運び出すことができなかった。考えた挙句、身体をバラバラにすることにした。ホームセンターでのこぎりを買い、三日かけて作業した。全部で九つの袋が必要だった。そして美容室が定休日の火曜の夜、レンタカーで奥多摩に運び、見つかりそうにない道路沿いの深い林を選んで、投げ込んだ。

ごめんね、倫太郎、ごめんね、倫太郎。

それを念仏のように唱えながら。

それでも、ひとつだけ捨てられなかったものがある。それは今も、妙子のタンスの引き出しの奥深くにしまわれている。何日かに一度、ぎこちない飯田とのセックスをなかったことにするために、妙子は時々それを取り出して、ふたりで過ごした夜を取り戻す。

倫太郎はもう、どこにも行ったりはしない。もう、どこにも行かせない。

ごめんね、倫太郎。
許してね、倫太郎。
でも、もうずっと一緒だから。永遠につながっていられるから。

解　説

山内マリコ

ツイッターのＲＴ《リツイート》（再投稿）で、ある日セアラ・フィールディングという十八世紀の作家の、本を読むことについての言葉が回ってきた。「フィクションと実生活の関連づけが読書の本当の目的であると彼女は宣言している」というくらい、読書の活用法に非常に意識的な作家であったらしい。

セアラ・フィールディングという名前に全然ピンとこなかったので検索すると、「ヘンリー・フィールディングの妹（姉説も？）」とある。恥ずかしながらそのヘンリー・フィールディングにもピンとこなくて改めて検索バーに名前を打ち込むと、「イギリス小説の父、代表作は『トム・ジョーンズ』」とあった。『トム・ジョーンズ』は、サマセット・モームが一九五四年に刊行したブック案内エッセイ『世界の十大小説』で、『カラマーゾフの兄弟』や『赤と黒』をさしおきトップに掲載されている名作中の名作、だそうである。

そんな大作家のきょうだいであるセアラ・フィールディングという女性が、「読書の真の使い道」についてくり返し説いている点は面白いな、と思った（ちなみに日本で唯一の研究本の題も、『セアラ・フィールディングと18世紀流読書術』〈鈴木実佳著・知泉書館〉である）。

彼女が生きたのは十八世紀。女性に教養が求められなかった時代であり、それは女性が自分の人生の決定権を持つことができなかった時代という意味でもある。セアラ・フィールディング（一七一〇～六八）が他界した七年後に生まれているジェーン・オースティンの一連の小説群を読むと、いかに結婚が女の人生にとってすべてだったかがわかる。「婚活」という言葉が完全に定着した二十一世紀の日本の女性の感覚から見てもちょっと引くくらい、みんな夫探しに必死なのだ。

その時代の女性たちには、自分の人生を男性に委ねるしか選択肢がなかった。そういった背景を考えてみると、読書の真の用途に対するセアラの強い関心と読者への働きかけには考えさせられるものがある。彼女は自分たちを取り巻く理不尽な世界に欺かれないように、本から具体的に有効ななにかを学んでほしいと切に訴えかけている。

この主張は、おそらく男性には口にしづらい種類のものだ。世界に対しての怯《おび》えを感じるし、か弱い存在がなんとか自分の足で、自分の人生をよちよち歩こうとしているようでもある。彼女が小説から得よと言っているのは、追体験（他人の体験を作品などを通して、自分の体験としてとらえること）というより、ケーススタディの方により近い。

ケーススタディとは、「ある具体的な事例について、その背後にある一般的な法則・理論を発見しようとする方法」のこと。小説を読むことで、人は自分でない誰かの人生を生き、そこから俯瞰《ふかん》で世界を見渡して、なにかを吸収することができる。そしてそれは、とりわけ女性にとって必要なものなのだと思った。

『天に堕ちる』には、それぞれにぴったりの名前を授けられた十人の女性たち（ネカマ一名含む）の、まさに人生が描き出されている。女性という共通項はあれど、年齢も立場もバラバラなのに、不思議とどの物語にも自分を重ねることができる。もちろんこれはビジネス書じゃないんだから、「なにか一つ教訓を得てやろう」なんて下心で読むわけではないけれど、ピシャリと的を射たアフォリズムが大盤振る舞いされているので、彼女たちの体験／物語を通し、そこからなにかを摑《つか》むことはいくらでも可能だ。

冒頭を飾るりつ子は、それなりの経験を積んで常識的な判断もできるまともな女である。出張ホストなんかに入れ込んだら人生の転落だと、実は一〇〇％わかってもいる。道を踏み外さないことはいくらでもできるのに、それでも彼女は自ら崖からジャンプして、平凡な暮らしよりも危険な道をあえて選ぶ。心身の健康とちゃんとした仕事もある衣食住整った日常を「幸福」と呼ぶなら、「いっそ絶望した方がマシ」と言い切って、愚かさへと飛び込む。

定年退職後、テレビを見るしか能がなくなった夫に失望している正江は、団塊の世代の女性の心をわしづかみにする人物だ。『快楽上等！　3・11以降を生きる』（上野千鶴子・湯山玲子著／幻冬舎）という本の中で、「団塊男は旧男類だが、団塊女は新女類」（上野）という言葉が出てきたが、正江は学生運動で出会い熱烈な恋をした夫のメッキが剝がれ落ち、ついに顔を出した旧男類ぶりに絶望している。そんな彼女がラスト、孫ができたことに喜ぶのではなく、共働きで生活が荒れていながらも、娘夫婦がちゃんとセックスしていたことに対して救われるのが面白い。

一方で、二十一歳の茉莉《まり》のメンヘラぶりも強烈だ。依存体質の懲りない女ならではの怖さが、あれよあれよと輪舞形式に表出していく。ナチュラルに狂っていく若い女の子の心理が、たった二十五ページの中に見事にカリカチュアされている。

カルト集団と見まごうような風変わりな一軒家での暮らしに居場所を見出《みいだ》す可世子《かよこ》の物語は、読み手の常識をぐわんぐわん揺すぶるパワフルな短編だ。おそらく二〇〇六年に報道された、東大和市《ひがしやまと》一夫多妻男事件（通称ハーレム男事件）に着想を得たと思われるが、「ふーさん」というどこか永井荷風《ながいかふう》を思わせる浮き世離れしたキャラクターのおかげで、まったく別の、どこかファンタジックな手触りの物語になっている。女性の心には「ふーさん」的なものにしか埋められない場所がたしかにあるのだ。

保健室の先生でありながら、和美《かずみ》は生徒である十三歳の少年に惹《ひ》かれ、その気持ちを押し殺すために結婚を選ぶ。二十以上も年下の少年への恋というタブーを描いた本作は、十編の中でももっとも恋愛の純度が高く、思わず胸がきゅんきゅんしてしまう。だからこそ和美の身を切られるような痛みにリアリティがあり、皮肉の効いたオチに「うわあああ！」と思わず狼狽《ろうばい》してしまう。

　アイドルに恋をし、追っかけに青春すべてを捧《ささ》げる奈々美《ななみ》。自分に似たモテない男をネットで騙すことで憂さを晴らすネカマの光《ひかる》。生まれながらの女優である黎子《れいこ》は、モンスター級の底の浅さと底知れなさを同時に味わわせてくれる。そしてラストを飾る妙子《たえこ》の話は、ラブドールものの大傑作である。

　しかしながらわたしがいちばんのめり込んだのは、汐里《しおり》の物語だ。

　売れっ子イラストレーターでありながら普通のサラリーマンとの結婚を選び、「仕事と結婚」という女性の幸福アイテムを揃《そろ》えた汐里は、女性誌から取材を受けるような存在だ。しかしなにをするにも夫にお伺いを立てなければいけない暮らしに窒息寸前の彼女は、本作の中でももっとも普遍的な共感を呼ぶのではないかと思う。

「働こうが専業主婦だろうが、そんなのはどっちでもいいの。どんな亭主を持つかで、女の人生の明暗ははっきり分かれるの、それだけは確か」

「男というのは、女が思っている以上に、自慢したくて、威張りたくて、褒められたい生き物なの。口先だけで構わないの、精一杯おだててあげなさい。あなたにはかないませんって、降参してあげなさい。そうすることが結局は自分の得になるんだから」

三十代独身女性である筆者は、鼻息荒めでメモを取りまくってしまった。文楽でいう黒衣《くろこ》に徹したような、書き手の我を抑えた簡潔な文章は、さらりと自然に流れていくのに、なんでもない一文からイメージがありありと浮かび、ぐうの音《ね》も出ないほどの説得力が溢《あふ》れている。一編一編は短くあっという間に読み終わるのに、主人公の状況と内面がはっきりと浮かび上がり、どれもズシンと重みのある後味を残して、颯《さっ》爽《そう》と幕は閉じられる。

セアラ・フィールディングやジェーン・オースティンの時代とは違って、現代の女性には結婚以外の選択も可能になった。伴侶を「主人」と呼び、その世話に一生を捧げなくても、誰にも文句は言われない。しかしお仕着せのライフコース一択ではなくなった代わりに、無限の中からなにか一つ、自分の物語をつかみ出さなくてはいけなくなってしまった。

選択肢の多様化は幸福の多様化となって、現代の女性をじわじわ苦しめる。結婚だけが人生ではないが、するしないに関わらず、結婚から真に自由になれる女性は一人もいない。だから選択肢が増えたことで、女性の人生も、幸福のあり方も、複雑化しただけに思える。じゃあどうすればいいのか。

セアラ・フィールディングの言葉に立ち返ると、いまは「自分自身を欺かないようにするための読書」が必要なんじゃないかと思う。たぶん本当の不幸は、自分自身の幸福がなんなのか考えもせず、もしくは押し殺して、他人のために誂えられたものさしで自分の人生を測ることだ。

『天に堕ちる』に登場する十人の女性たちの中には、自分から逸脱の道を選ぶ女性が多い。出張ホストにしろアイドルの追っかけにしろハーレム男にしろ、それがいまの自分にとっての幸福なんだと腹を決めた女性たちは、みなとても清々しく駆け出していく。夫に引導を渡す者、「今の窮地を救ってくれるオールマイティの切り札」である結婚へ飛び込む者。みな、自分自身の心を騙さず、欺かず、向き合った上での選択だ。そこに切り取られているのは、他人の視線を吹き飛ばして、自分自身の幸福の道を、選び取った瞬間なのだ。

(やまうち・まりこ　作家)

集英社文庫

天《てん》に堕《お》ちる

2013年10月25日　第1刷　　定価はカバーに表示してあります。

著　者　唯川《ゆいかわ》　恵《けい》

発行者　加藤　潤

発行所　株式会社　集英社

東京都千代田区一ツ橋2-5-10　〒101-8050

電話　03-3230-6095（編集部）

03-3230-6393（販売部）

03-3230-6080（読者係）

印　刷　凸版印刷株式会社

製　本　加藤製本株式会社

フォーマットデザイン　アリヤマデザインストア　　マークデザイン　居山浩二

ISBN978-4-08-745120-7 C0193